ぶっとび同心と大怪盗

三

奥方はねずみ小僧

聖　龍人

コスミック・時代文庫

この作品はコスミック文庫のために書下ろされました。

目次

第一話　嵐の吐息

一

初冬の柳原土手は、川から吹きあがる風につられて舞いあがる枯れ葉が、とぐろを巻きながらうごめいている。

このあたりは、夜になると怪《あや》しげな女たちが男を手招きする。そろそろ、そんな夕刻になろうとしている刻限。

そんな女たちの姿は見たくない、と、今年十三歳になる伴助《ばんすけ》は、足を早めた。両国の広小路で蝦蟇《がま》の油売りを見せている父親から頼まれた、古着屋に行った帰りである。帯を買ってこいと頼まれ、言葉巧《たく》みに値切り、博多の帯を買った帰りだった。

今日は、いつもより冷たい風が伴助の頬《ほお》を切りつける。

「こんな日にはろくなことが起きねぇ……」

そんな気がした。

案の定だった。

「おい、騙《かた》り屋の息子……」

伴助と同年代の小童《こわっぱ》たちが、数人、意地悪そうな目つきを見せながらたむろしていた。

伴助は、首をすくめ眉をひそめた。毎度のいじめが、またはじまると思ったからだった。こうなると、逃げるしか道はない。

「ここから離れなければ」

つぶやいた瞬間、ばらばらと音を立てて石が飛んできた。一個や二個ではない。遅かった、と反対側を向いた。

「あ……」

「ふん、逃がすもんか」

後ろ側で先まわりをしていたのは、万太郎《まんたろう》だった。

親は、広小路で両万《りょうまん》という両替商を営み、その威光を借りて、集団のなかでも兄貴風を吹かせている男だ。年齢は伴助と変わりないはずだが、背丈《せたけ》は集団のなかでも群を抜いている。

親が金持ちだから食い物も違うんだろう、と陰で揶揄《やゆ》されているほどだ。

身体が大きいだけあり、腕力も強い。そんな万太郎が力を持つのは、当然のなりゆきだった。

「おい、おめぇ、そこに抱えているのはなんだい」

さっき古着屋で買った帯だ、と答える。

「へぇ……贋金《にせがね》で買ったんだな」

「まさか、そんなこと……するわけねぇ」

「ふん、おめぇの親父は、広小路で嘘八百並びたてて、おかしな薬を売っているじゃねぇか」

「ちゃんとした傷薬だ」

「おい、聞いたか」

万太郎は仲間を見まわし、大笑いをする。

「あぁ、聞いた、聞いた。ちゃんとした傷薬っていったぜ」

答えたのは、清六《せいろく》だった。

やはり両国広小路にある荒物屋《あらものや》の息子だ。十三歳の伴助よりは、ひとつかふたつ年下のはずだが、万太郎の後ろ盾《だて》があるからだろう、仲間内でも威張り散らしている。虎《とら》の威を借りる狐《きつね》だ。

伴助は、万太郎よりこいつのほうが嫌いだった。

陰湿なのだ。

万太郎は言葉だけで行動には移さないが、この清六はいわば実力行使の筆頭である。

さっき石を投げつけてきたのは、万太郎の取り巻きだろう。

伴助の後ろにまわりこみながら、石を投げていたに違いない、万太郎はにやにやしながら、そんな仲間の行動を見ていたはずだ。

「石を投げはじめたのは、おまえか……」

万太郎が投げつけろ、といったから、自分もひとつ放ってから、こちら側にまわりこんだのだ、とにやけながら答えた。

「ふん、そんな質問をしてどうするんだ」

「おまえの馬鹿さ加減を炙《あぶ》りだしてぇんだよ」

「てめぇ、そんな口がきけるのも、いまのうちだぞ」

その言葉が終わるか終わらないかという間に、伴助は思いきり前に飛びこんだ。

清六の身体がふっ飛んだ。

痛い、痛い、と叫びながら転がっている清太の腹を踏んづけて逃げた。だけど、簡単に逃がしてくれるような万太郎ではなかった。

「おっと、おめぇ、そんなことをして、ここから離れることができると思っているのか」

にやにやしながら、首のつけねをぼりぼりと引っ掻いている。

起きろ、と清六に声をかけてから、万太郎は伴助に近づいた。

土手のなぞえをくだりながら、逃げ道を探してみるが、都合のいい場所は見つからない。

やがて、石を両手に抱えた連中が集まってきた。いっせいに投げつけられたら、とんでもないことになる。

もう一度見まわしても、逃げ道はなかった。

ひゅんひゅんと音がした。
二、三人がいっせいに投げた石が飛んできたのだ。伴助は首をすくめて、一個、二個、三個まではかわすことができたが、

「ううう」

四個目が額に当たった。流れ落ちた血が目に入る。視界がかすみ、万太郎の大きな身体が赤く見えた。

伴助に踏みつけられた腹が痛むのだろう、撫でながら立ちあがった清六の手には、小石が握《にぎ》られている。立ちあがる際に拾った姿が見えていたため、伴助は警戒しながら、

「やい、そこのごくつぶし」

目先を変えさせようと、清六に声をかける。

「うるせぇ、よくも腹を踏みゃがったな」

「黒い腹が白くなったかもしれねぇぜ」

「やかましい」

清六は、左手に持っていた小石を、右手に持ち替えた。その目的は明白だ。伴助は、身体を縮《ちぢ》めながら駆けだした。

清六は笑いながら、石を投げはじめる。それが合図になり、他の者たちも遅れじと追随《ついずい》する。

右に左にと逃げ惑《まど》うが、四、五人で投げる石礫《いしつぶて》は、確実に伴助の身体をとらえ

ていた。

でたらめな投げ方ではあっても、数撃ちゃ当たる。さらに、一回当たると、そこを目がけて投げつける。

「くそ……」

身体や顔、頭などに当たる確率が増えて、伴助は動けなくなり、その場にしゃがみこんだ。その姿を見た連中はいっせいに集まると、

「この騙り屋の息子め」

我先にと、蹴ったり踏んだり、なかには子猫ほどの石を背中に落とすやつも出てきた。

「どけ」

清六が叫びながら、しゃがんで縮こまっている伴助の前に立った。手には、刃渡り三寸くらいの小刀が見えている。普通の小柄《こづか》なら片刃だが、手からはみ出たときに見ると両刃だった。

つまり、それだけ殺傷力が強い。父親からもらったのか、あるいは黙って持ってきたのだろう。

まだ肩あげも済んでいない清六が持てるような代物《しろもの》ではなかった。

――くそ、気狂いに刃物か。

伴助はつぶやく。

「なんだって……」

聞こえてしまったらしい。清六は、目を三角にして、

「気狂いっていったな」

「いわねぇよ」

「逃さねぇぞ」

「捕まる気はねぇ」

「やかましい」

えい、と清六は腕を振りおろした。両刃の小柄が眉間に触れた。伴助の額からさらに血が流れ落ちる。

呻《うめ》きながら、伴助は手で額に触れた。指の間を血がつーと落ちた。

「くそ……」

清六に目線を飛ばす。へらへらしながら、清六は小柄を振りまわす。

「へへ、いい気味だ」

たもとで血をこそげ落とす伴助に向けて、吐き捨てた。

「今日の日は忘れねぇ」

地獄の底から湧きあがるような声で、伴助は清六に言葉を浴びせた。

「へへ、忘れねぇぜ。その割れた額もなぁ」

へらへらとした顔つきで、気を取り直して立ちあがった伴助に近づく。

清六に死角になる場所で拾った数個の小石を、伴助は一気に放り投げた。二、三個が清六の顔にぶつかった。

「い、いてぇ、いてぇ」

顔をくしゃくしゃにしながら、清六は口を歪《ゆが》め、片目を閉じながら叫んだ。

「このあばずれめ」

「女にいうんだ、そのいいかたは」

まわりにいた連中が笑った。後ろのほうでは、万太郎が腹を抱えている。馬鹿にされたと思ったのか、清六の顔は鬼のようだ。

「やかましい」

小柄を握り直すと、清六は身体ごと突っこんできた。

「馬鹿だな、目をつぶって突っこむやつがいるかい」

小柄を投げなかったところを見ると、やはり父親から黙って掠《かす》めてたらしい。

そうでなければ、撃っていたはずだ。

「ふん、やはり親父からちょろったんだな」

「ちょろったとはなんだ」

「ちょろまかして持ってきたんだろう」

「おめぇには関係ねぇ」

清六の顔が変わった。父親について触れられて怒ったらしい。このままでは、とんでもないことになる、と伴助は考えた。

「そんな顔をしても、無駄だぜ」

仲間の数人は、清六の怒りに驚き、じりじりとさがりだしていた。笑っているのは、万太郎だけだった。

――逃げるならいまだ……。

伴助は心のうちでつぶやいた。

そこからの伴助は早かった。

すぐさま清六に残っていた小石を投げつけ、相手が怯《ひる》んだ隙《すき》に、手薄な場所に向かって空を飛んだ。思いっきり跳ねたのだ。着地すると、振り返らずに一目散《いちもくさん》に河原に向かって走った。

神田川の流れに泡が浮かんだ……。

遅れて、清六と万太郎も駆けおりてきた。

「あの野郎、飛びこみやがった」

清六が悔しそうに流れの前でしゃがんだ。

「こんな寒さだ。土左衛門《どざえもん》になってあがるさ」

万太郎は、鼻を鳴らして戻っていく。

清六は、逃げられた腹いせか、泡があがってきたあたりに石を投げつけて、

「両国橋のたもとに、冷たくなってあがってろ」

吐き捨てると、万太郎を追った。

いまから十二年前のことであった……。

二

「旦那、お願ぇがあるんですが」

浅草広小路を流していた北町奉行所、定町見廻り《じょうまちみまわり》同心の猫宮冬馬《ねこみやとうま》は、自身番《じしんばん》から声をかけられて足を止める。まだ父親から受け継いで数年しか経っていないが、

近頃、名が売れはじめている同心である。

それには、小春《こはる》という恋女房が影で働いているという裏事情があるのだが、冬馬は知らない。

なにしろ、小春は三代目ねずみ小僧なのだ。

もともとは、小春の祖父が着せられた濡れ衣を晴らすために、やむなく偽《にせ》のねずみ小僧を名乗った。

それがきっかけで、母の夏絵が跡を継ぎ二代目となり、夏絵が引退すると、小春が三代目を襲名……というほどおおげさな話ではないが、とにかく冬馬の女房は、ねずみ小僧なのである。

夏絵までは、武家屋敷やら、あこぎな金貸しなどの屋敷に押し入っていた。

そこからねずみ小僧は、義賊だと噂されているが、はじめからそんな狙《ねら》いを持っていたわけではない。冬馬の父親に召し捕られそうになりながら、悔《くや》しまぎれに盗んだ金子《きんす》を投げた。

それが、貧乏長屋に飛びこんだ。

そこから、ねずみ小僧は貧乏人の味方、という定石が生まれただけである。

三代目の小春は、できれば盗賊としてではなく、旦那の冬馬を助けるために働きたい、と考えている。

そんな小春に母の夏絵は、

「あんな、のうたりん同心の嫁になるから、そんな馬鹿な考えを持ってしまうのです」

と、不快な顔を見せる。

ねずみ小僧が町方の女房になるなど、もってのほかだと反対をいい続けていたのだが、最後は、小春の熱意に負けてしまった。

「私は、まだあの……のうたりんを婿とは認めていませんからね」

ときどき、そう念押しをするほどである。

もちろん、冬馬はそんな事実は知らない。

いや、なんとなく夏絵から嫌われていそうな気はしているが、それは、自分が不浄役人《ふじようやくにん》だからだろう、と単純に思っているだけであった。

「なにかご用ですか」

足を止めた冬馬に、自身番から出てきた町役が、へぇと応じる。

こちらへ、と誘われて自身番のなかへと向かった。

入り際に、偽の御用聞きなんです、と耳打ちされた。

その正体を暴いてほしいらしい。

「ははぁ……近頃は、悪さをする十手持ちがいるようですからね」

「へぇ……」

ちらりと横目で冬馬を見つめる。

「ずぅずうしい野郎でして」

土間に足を踏みこむと、笑い声が聞こえた。

「おいおい、聞こえているぜ」

額の傷が禍々《まがまが》しい男だった。

目を細めた冬馬は、名前を聞いた。

額の傷だけではなく、たたずまいから紛《まが》い物《もの》の臭《にお》いが漂《ただよ》ってくる。丸く縮んだ背中姿が、そう思わせるのかもしれない。

こんな格好をしている男は、常になにかを隠そうとしている。真の自己を探られたくないのだ。さらに、他人から蔑《さげす》まされて生きてきた者の特徴だ、と冬馬は心でつぶやく。

「あっしは、伴助といいます」

名を聞いたことがなければ、顔も知らない。

「北ですか、南ですか」

手札を与えてくれた人は誰か、と冬馬は尋ねる。

「いません」

「……それで御用聞きと名乗っているんですか」

呆れ顔をする冬馬に、伴助は、ふふ、と口を歪めて、

「まぁ、当世、お役人たちは頼りになりませんからね」

「そうですか」

「だから、あっしがこうやって出張《でば》っているんです」

「よくわかりませんね。どうしてあなたが」

「それは、細部を見て危険を察知する力に長《た》けているからです」

「ほう、なかなかの自信がありそうですが、たとえば、どんな危険を察知できるのですか」

伴助は、丸まった背中をさらに小さくさせて、

「大きな声ではいえませんが、日本橋や両国、さらに高輪《たかなわ》あたりまで手を伸ばして、いろんな商家を助けているんですぜ」

「……聞いたことがありませんね」

「そらぁ、そうでしょう」

にやりとする伴助を見つめて、冬馬はうなずく。

「まぁ、大店《おおだな》は、傷になるような話は隠しますからね」

「へへ、まぁ、そんなところでさぁ」

つまりは、表に出せない揉《も》め事を、世間に知られぬようにまとめあげているのであろう。

それは気の利いた見廻り同心や、御用聞きの仕事でもある。

「役人はあてにならないから、自分に助けを求めるお店が増える、といいたいのですね」

「話がわかればありがてぇ」

「しかし、それならそれで、影に隠れて納《おさ》め屋《や》のような仕事でもしていたらどうです」

勝手に御用聞きを名乗られては困る、と冬馬は釘《くぎ》を差した。

伴助は、ふふと口を歪めて、

「じつは、旦那から手札をいただきてぇと思いまして」

「……どうして私に……いや、違いますね。たまたま、いちばん先に私がここで出会ってしまった、それだけですね」

「旦那は話が早くていいねぇ」

苦笑する冬馬に、どうですかねぇ、と目を向ける。奥底に淀《よど》んだ泥《どろ》を抱えているような、そんな目つきであった。

「それで約束したのですか」

小春が冬馬の話を聞きながら問う。そんなごろつきともいえないおかしな男がいるのか、と呆れているのだ。御用聞きのなかには、それまで悪さをしていた者は少なくない。

悪人たちとのつながりを持っているために、探索に役立つからだが、なかには、それを盾にして、悪行を働く十手持ちもいる。

「そんな連中に比べると、質はよいほうかもしれませんが」

「でも、信用できないんでしょう」

「腹に一物《いちもつ》ありそうな気がするのです」

「いちもつ……ですか」

「……そっちではありません」

「わかってますわ……ふ」

近頃、小春は、若妻の色気が満ちあふれている。

そんな姿をまぶしそうに見ながら、どうしたものか、とつぶやいた。

「考えていても、しかたありませんよ」

小春の言葉に冬馬はうなずいて、そうですねぇ、と応《こた》えた。

「ま、誰かから、やつを黙らせろとか捕縛しろとか、指示されているわけではありませんからね」

「そうですよ。あわてる必要はありません」

うんうんとうなずきなら、冬馬は気が休まった、と笑った。

と、そこに訪《おとな》いの声が響いた。

「あれは、差配《さはい》の千右衛門《せんえもん》さんですね」

「とうとう来ましたか」

薄笑いを見せながら、冬馬は自分が迎えにいきましょう、と立ちあがった。

千右衛門は、いつもおかしな若旦那を連れてくるのだ。

普通なら考えられないような病を患《わずら》っている、と千右衛門から相談を受けたのは、いつのころだったか。

普通ではない病とは、誰彼《だれかれ》なく、その人になりきってしまう病だというのだ。

事実、これまでも、猿飛佐助《さるとびさすけ》や、大昔の武将やら、草双紙《くさぞうし》に出てくる謎の裏本屋などに変身した。

そうやって冬馬の探索を手伝うのだが、助けになるときがあれば、邪魔になる場合もある。

はじめは面食《めんく》らっていたが、近頃では、今度は誰になりきるのだろう、と楽しみになっている。

病に慣れて、付き合い方を飲みこむことができたからだった、あわてず騒がず、流れに任せれば、それでいい。

今度は誰なんだ、と冬馬は興味を持ちながら、戸口に立った。

「ごめん」

千右衛門の後ろから、髭茫々《ひげぼうぼう》の男が押しだしてきた。

——誰だ、これは……。

荒くれ者らしいとは気がついたが、名前までは想像できない。

「この世の大蛇《おろち》を退治しにまいった」

若旦那は、近所の板塀《いたべい》が震えそうなほど大きな声で叫んだ。

「おろち……ですか」

それで気がついた。髭だらけの顔といい、一見、荒くれ風の風貌は、

「いらっしゃいませ、須佐之男《すさのお》さま」

「この世の大おろちを退治するため、天上界よりおりてきた。よろしく頼む」

「はぁ」

「ちなみに、私の似顔絵を紙に書いて入口に貼ると、風邪を引かぬぞ」

「ははぁ」

それは、蘇民将来《そみんしょうらい》のほうではないか、と冬馬はいいたくなったが、口には出さない。

話はこうだ。

須佐之男が旅の途中、ある村を訪れたときに、飢えを満たしてくれた、という言い伝えがある。その名が蘇民将来なのである。茅《かや》の輪を飾る風習もこの逸話からで、お礼にと、茅の輪を渡され、それを腰につけていたら、疫病から逃れられたという。

「……なにか不服かな」

若旦那が、怪訝な目を送る。

「あいや、そんなことはありません。須佐之男さまには、ぜひ、この世の悪を退治していただきたいと思います」

「ふむ、まずは、八つの頭を持つおろちを探さねばならん」

ずかずかと座敷にあがっていく。

差配の千右衛門は、ではよしなに、といって戻っていった。

会話を聞いていたのだろう、小春はていねいにお辞儀をしている。

若旦那は座ると、じっと冬馬を見つめ、この世の果てを探りあてたような顔でいった。

「私の吐息は、嵐を呼びます」

「それはすばらしい」

ふぅ、とひと息吐いた。

「はて……」

なにも起こらない。

小春は、こんなときもありましょう、と笑いながら、

「そうです、旦那さま、さきほどの話、こちらの神さまにご相談をしてみたらいかがでしょう」

三

結局、伴助に手札を与える話は、うやむやになったままである。須佐之男は、そのような小物相手の相談には乗らぬ、と答えたからである。

もっと大きな揉め事でなければ、自分の力は発揮できない、とも答えたのだった。

しかたがないから、見まわりついでに、伴助が顔を出している店を訪ねてみる、といって冬馬は外に出た。

入れ替わるように、母の夏絵が入ってきた。

「……その辺に隠れていたのですか」

冬馬が出かけたのを幸い、とやってきたのか、と小春は考えたのだ。

「そんな面倒なことはしませんよ。八丁堀に出ている床店《とこみせ》で、おでんを食べていたんだ」

そういいながら、夏絵は小春に目を送る。

「あんた、最近、おかしいんじゃないかい」

「あら、なにがです」

「なんだか、身体つきが変わったような気がするんだけどねぇ。ほら、その腰まわりとか……」

「まぁ、そうでしょうか。だとしたら、新たな領域に入ったことが関係しているのかもしれません」

「新たな領域……」

「はい、新しい世界を知ってしまいましたから、そのおかげかもしれません」

小春は笑みを浮かべる。

「なんだか知らないけど、まぁ、あっちの件に響かなければいいけどね」

夏絵は、ねずみ小僧としての体捌《たいさば》きに悪影響がないかと心配しているらしい。

小春は、そのご懸念はいりません、と答えた。

「近頃は、思ったような働きができていると思いますよ」

夏絵は、鼻先で笑う。

本来、ねずみ小僧は盗人だ。

しかし、小春は、冬馬が探索の手段に困ったときに、証拠固めやら囮《おとり》などになって助けている。そんな小春の行動が、夏絵は気に入らない。

変な旦那を持ってから、ねずみ小僧の名が変わってしまい、最後は廃《すた》れる、といいたいのだ。

「大丈夫です、ねずみ小僧の名前はしっかり残ります」

「どうしてそんなことがわかるんだい」

「新たな領域に入ると、いままで見えなかった風景が、見えるようになりましたから」

「ふぅん、なんだかよくわからないけど、あんたが楽しそうにしているのなら、それでいいよ」

最後は夏絵も諦《あきら》めた。


ふたりがそんな会話を交わしているとはつゆ知らず、冬馬は伴助の口から出ていた両国の大木屋《おおきや》という薬問屋を訪ねていた。

応対にあたった儀助《ぎすけ》と名乗った番頭《ばんとう》に、伴助という男を知っているかと問うと、儀助は大仰《おおぎょう》な笑顔を見せる。

「知っているかどうかではありません」

「知らぬのか」

「もちろん、知ってますよ」

「面倒な言葉はいいから、結論を」

「はい、それはこんなお話でございます」

「長いか」

「え……」

「話は長いのか、と問うたのです。端的にお願いしたいのですよ」

顔や話し方は穏やかに見えるが、言葉は辛辣《しんらつ》だ。儀助は苦笑いしながら、

「では、端的にお伝えいたしましょう」

と語りだした。

それによると、あるとき、額に傷のある男がやってきて、店の立て看板の後ろから禍々しい気の印《しるし》が出ているから注意しろ、といってきた。

気の印とはなにか尋ねると、悪いことが起きる兆候だ、と答えた。

看板のそばに、小さな石が積みあげられている。それは、なにかの合図に思える。

つまりは、この店を盗賊たちが狙っているに違いない、と答えたのである。

あわてた儀助は、主人の三次郎《さんじろう》に注進する。はじめは馬鹿な話だと笑って聞い

ていた三次郎であるが、

「もしなにか起きたら困ります」

何度も食いさがる儀助を見て、

「それなら、用心棒を増やしてみたらいい」

と、同調したのである。

「なんと、果たして数日の夜のことです」

「長い」

冬馬は手を振りながら、続きを制した。

「は……」

「賊が入ってきて、それを用心棒が退治したのだな」

「さすが、お目が高い」

「……それをいうなら、一を聞いて十を知るというほうが的を射てます。話はわかったから、長舌《ちょうぜつ》はいりません」

では、といって冬馬は立ちあがる。呆然とする儀助を尻目に、店を出た冬馬は両国広小路を深川方面に進んだ。

「旦那……」

永代橋の前を通りすぎようとしたとき、声をかけられた。額の傷が、川波の光に反射しているようだった。

「手札はまだいただけませんか」

「五百両で考えてもよいが、どうしますか」

「……ご冗談を」

「冗談です」

「旦那は、噂や風貌とは違ってますね」

「馬鹿だとでも噂が出ていますか」

「いえ、そうはいいませんが」

伴助は、額の傷に手を伸ばした。その傷は、幼きころに受けたいじめの記憶をよみがえらせる。

——許さねぇ。

冬空に飛びこんだ神田川の冷たさを、忘れた日はない。水の冷たさが、いまの伴助の冷え冷えとした風体を作りあげたといっていいだろう。

あのときの万太郎と清六がいい放った捨て台詞は、水のなかからも聞こえていた。

――おれは、生きてるぜ。

やつらの姿が消えたあと、伴助は川からあがって、江戸から逃げたのである。大道芸人の父親のところには帰りたくなかった。まわりから、騙り者と揶揄されている親など、顔も見たくなかった。

それからは、駿府《すんぷ》に渡り、大工や左官の手伝いなど日雇い暮らしを続けた。長じてからは、仲間ができた。そして、その仲間たちと、こそ泥や騙りなどに手を染めていったのである。

――血は争えねぇっていうからなぁ……。

伴助は、自嘲の笑いを見せる。

そんな伴助を、冬馬は一瞬鋭く見つめると、すぐ先に進みだした。

「旦那、旦那。つれねぇなぁ」

「仲間ではありませんからね」

「手札を介する仲ではありませんか」

「断ります。いま決めました」

「……それはまた、どうしてです」

「ご自分の胸に聞いてみたらどうです」

「さっぱりわからねぇ」

「あなたは人を信じていません。そんな人に手札をあげるわけにはいきません」

そもそも、冬馬はまだひとりとして手下を抱えていない。

若旦那がその役を担《にな》っているからだ。若旦那がいるかぎり、今後も下っ引きは必要にならないだろう。

「伴助という名前は本当ですか」

「……そこまで信用がねぇとは」

「ありません」

「はっきりいいますねぇ」

「それが取り柄です」

「まぁ、いいでしょう。そのうち、手札をもらう日が来ると信じてます」

「手札が捕縄《とりなわ》にならないように祈りますよ」

舌打ちをした伴助を置いて、冬馬は富岡八幡に続く、第一の鳥居を通りすぎた。

四

翌日、須佐之男が訪ねてきた。そろそろ自分の出番があるのではないか、といいたいらしい。

そこで冬馬は、伴助が付き合っているお店をまわり、そこで仕入れた話をしたのである。

「どこに行っても、伴助のおかげで危険をまぬがれた、と喜んでいるのです」

大木屋はもちろん、富岡八幡《とみおかはちまん》の櫓下界隈《やぐらしたかいわい》の岡場所。そして、不忍池《しのばずいけ》近くの池之端《はた》、花川戸《はなかわど》にある出会い茶屋。伴助から聞いた店をまわった結果、伴助の話に嘘はなかったのである。

「おかげで、近所を縄張りにしている親分衆はかたなしです」

「そんなに評判がよろしいのですか」

小春が首を傾《かし》げる。

「みな、大木屋と同じように、賊から逃《のが》れたり、万引きするごろつきを捕まえたりと、感謝をされているのです」

淡々とした口調が、冬馬の困惑とかすかな怒りを表している。

そんな冬馬の気持ちを察したのだろう、

「その伴助を、遥か彼方へと飛ばせばよいのか」

冬馬の言葉が切れたところで、須佐之男はぎょろりと睨《にら》んだ。

「いえ、そういうわけではありませんが……」

「では、どうしたらよいのか」

ふぅふぅ、と息を吐くが、相変わらず嵐は起きない。

「須佐之男さま、お聞きしたいことがあります」

「ない」

「はて」

「名のある剣《つるぎ》ならない」

「ははぁ」

「みなに聞かれるのだ。しかし、ないものはしかたがない。私の嵐を呼ぶ吐息が武器である」

「なるほど、わかりました」

小春は、ふたりがあまりにも真面目に会話を続ける姿に、笑みが浮かんでくる。

「おふたりはいい相棒になりますね」

「神に相棒はない」

「そうでしたね。失礼いたしました」

「いや、小春さんが悪いわけではない。悪いのは、八つの頭を持つ、大おろちです。だが、それがまだどこに隠れているのか見つからぬ」

ぎょろりとした目を小春に向けると、すぐににんまりとする。

「奥方は、いい匂いがする」

「え……匂いですか」

「全身から漂う、雰囲気のことです。いまの江戸には珍《めずら》しい、いや、天上にでもそれだけの匂いを漂わせてくれる女神はおらぬ」

「ははぁ……」

冬馬は、困惑しながら小春を見つめた。

「そういえば……」

小春のたたずまいが変わってきた、と夏絵に指摘された話をする。

「ふぅむ……」

「私は、新たなる領域のおかげだと答えました」

「……それは、なんであるか」

須佐之男が興味を示す。

「それは……たとえ、やんごとなきおかただとしても、教えるわけにはいきません」

ふぅむ、と冬馬は膝《ひざ》を直した。

新たなる領域とは、以前、若旦那が裏本屋に変身したときに読んだ世界が、かかわっている。

つまり、そこに書かれた内容を実践するという領域である。

当然、小春とふたりだけの秘密であり、若旦那に教えるわけにはいかない。たとえ、変身姿が須佐之男だとしてもだ。

「それはそうと、伴助という男についてのお考えはいかがです」

小春は、矛先《ほこさき》を変えた
須佐之男は、腕を組むと髭を撫でながら、

「話を聞いたかぎり、やつの言動には胡散臭《うさんくさ》さがある。どうも、自作自演のような気がするのだが、どうか」

その言葉に、冬馬はぱちんと膝を叩いた。

「意見が合いました」

「……おぬしもそう思ったのか」

「あまりにも話がうますぎるではありませんか」

「そのとおりである、ふぅ」

「まだ、嵐には早すぎます。やつの化けの皮をはぎましょう」

「ふぅふぅふぅ。それまでに、嵐を呼ぶ吐息を戻しておかねばならんな。しかし、やつは、八岐大蛇《やまたのおろち》ではないのぉ」

「仲間が八人いるかもしれません」

「ふぅふぅ。まぁ、よい。悪人だとしたら放っておくわけにはいかぬ」

はい、と冬馬はうなずいた。


伴助は、冬馬から本気で手札をもらおうと考えているわけではなかった。もちろん、もらえるものならそれはありがたい。

だけど、猫宮冬馬という同心に近づいてみると、ひと筋縄《すじなわ》で相対できる男ではなかった。

たまたま自身番で会っただけであるが、興味深い男である。

「江戸の役人などは、たいした男はおらぬと思っていたが……」

うまく御《ぎょ》すことができるだろう、とたかをくくっていた。

やつらを利用して、目的成就の一助《いちじょ》にするつもりだったのである。

――その思惑は外れてしまったか。

ほかを探そうかとも考えたが、それも面倒である。

それにしても、思いだすたびに腸《はらわた》が煮えくり返るのは、万太郎と清六のふたりである。

とくに清六に対しては、八つ裂きにしても飽き足らない。江戸から逃げる途中、伴助は涙を流し続けていた。あのときの屈辱は、心の臓にまで淀みとして溜まっている。

過去の感慨に耽《ふけ》っていると、

「早くやろうではないか」

仲間の安宅《あたか》伊三郎《いさぶろう》という男が、苛々《いらいら》しながら話しかけてきた。

ここは、伴助がねぐらとしている甲州街道、日本橋から四里、下高井戸宿《しもたかいどしゆく》である。

以前は、一番宿だったが、内藤新宿ができてからは、二番宿となり、泊まり客も少ない。

参勤交代も素通りするような宿である。

それだけに、隠れ場にはうってつけである。

もともと、伴助の仲間たちは江戸には疎《うと》い。江戸市中に宿をとると、物珍しさにどんな粗相《そそう》を起こすかわからない、そこで、目立たぬこの宿場に腰をおろしていたのである。

「いつまで待たせる気だ」

伊三郎は、おかしなことばかりさせて約束が違う、といいたいらしい。

江戸に出てきたのは、大店から金を奪うためで、騙りをやるためではない、と不平を重ねた。

「なにゆえ、せっかく押しこんだのに、相手の用心棒に負けるような真似をさせたのだ」

大木屋の件だろう。

「それだけではないぞ。金貸しから騙し取る算段を仕掛けておいて、それをばらす。この前は、十六になるひとり娘を誘拐しておいて、金も取らず、無傷で返したではないか」

なんのためだ、と伊三郎は憤慨する。

「すべては、おれの信用をあげるためよ」

「おまえの信用があがったとて、おれたちに金は入っておらぬ」

返答によっては、斬りつけるとでもいいたそうな目つきである。

「もっと大きな騙りをやるための種まきだ」

「種まきだと」

「あぁ、そうだ」

伊三郎は意味がわからぬ、と詰め寄った。

「いいか、おれの名があがると、あちこちから声がかかる。そこで、日本橋の駿河町にでもあるような大店に、もぐりこめることができたらどうなる」

「……どうなるのだ」

「またまた、騙《かた》りをやる。そして今度こそ金をふんだくって江戸から逃げる」

「その騙りの中味をいえ」

「……それは、まだ決めちゃいねぇ」

「なんだって」

「相手のあることだ。その店に合わせた騙りを考えるんだ」

「ふん、騙しちゃいねぇだろうな」

「おまえたちを騙しても、おれの金にはならねぇ」

「あぁ、命を取られるだけだな」

安宅伊三郎は、捨て台詞を吐いて伴助から離れた。

「ふん、馬鹿なやつめ」

あんなやつらと一緒に、大店から金を掠め取るなどやるわけがねぇ、と伴助は嘲笑《あざわら》う。

本当の狙いは、ほかにある。やつらを連れてきたのは、種まき用だ。本来の目的を果たすために使う道具でしかない。

本来の目的……。

それは、万太郎と清六への復讐である。

万太郎は、親の身代《しんだい》を受け継いで、両万の主人におさまっている。清六は家業の荒物屋が潰れて、万太郎の下で働いている。

この事実は、江戸から逃げてきた安宅伊三郎の仲間から聞いた。

酒のつまみとして江戸の話をしているときに、両替商の万太郎という名が出たのだ。

その名を聞いたとき、伴助の背中から汗が流れ落ちた。さらに、清六が万太郎の店で働いていると聞いて、

「それは本当か」

思わず叫んでしまったのである。

万太郎は本所に、まんじ、という名の小料理屋まで持っているらしい。

「身体がでかいからなぁ。それで、いい女が寄ってくると、やつはうそぶいていたぞ」

まんじの女将は、そのうちのひとりなのだろう。

――いい話を聞いた……。

背中の汗は、復讐の汗に変わっていたのである。

「そろそろ、まんじを探りにいくか」

伴助は額傷を撫でながら、ほくそ笑んだ。

善は急げと、伴助はすぐさま、まんじを訪ねた。まだ店が開く前である。

それでもかまわず戸を開き、いきなり、万太郎が危ねぇんだが知ってるかい、と、寝込みを襲うような話し方をした。

「旦那が危ないとは、どういうことです」

目を見開きながら、まんじの女将、お楽《らく》は、太り肉を揺らした。

「あぁ、あんたの旦那は、万太郎さんだろう」

「そうですが、あなたは」

「これが目に入らねぇかい」

額の傷を、これみよがしに押しだした。

「あ……その額の傷は……」

「そうだ、天下御免の向こう傷」

「伴助親分ですね」

「気がついてくれたら話がはえぇ。だけどな、あっしがこうやって伝えにきたという話は、旦那には内緒だぜ」

「それは、どうしてです」

「なに、いま以上の評判になってしまったら、かえって困るんだ」

「……あぁ、本当は十手手札を持っていないという噂を聞いたことがあります」

「おう、本当におめぇさんは、話が早くていいぜ」

あまり評判が出ると、本物の御用聞きたちから乱暴を受けるかもしれねぇ、と伴助は、つらそうな顔を見せる。

「わかりました。旦那の万太郎には黙っています。で、万太郎に危険が及んでいるとは、どういうことでしょう」

「世の中には、逆恨みをする輩が多いからな」

「はい、それはこのような商売をしているとわかります」

「そうだろう。でな、名前は出せねぇが、その逆恨みをしている野郎が、万太郎を狙っているという噂を仕入れたんだ」

「まぁ、怖い……」

「そこでだ、大木屋さんを知っていなさるね」

「はい、伴助親分が助けたと噂を聞いたことがあります」

「それなら話ははえぇ」

伴助は、にんまりとする。

「数日後に、大木屋の旦那が、あっしに礼をしてぇといってるんだ」

「それと、万太郎と、どんなかかわりがあるのでしょう」

「あぁ、そのときに、どうしたら危険を遠ざけることができるのか、大店の心得みてぇなものを、あっしにね、話をしてくれってんでな」

「あぁ、だから万太郎も」

「そうだ、どうせならそこで、危険を取りのぞくために必要な心構えとか、用心棒の集め方とか、まぁ、そんな話をしてぇと思っているんだ」

「わかりました。それは頼もしいお話です」

そうだろう、と伴助はにやついた。

「そうだ、万太郎さんには、清六さんという番頭さんがいたねぇ」

「はい、近頃、一番番頭に出世いたしましたよ」

「それならなおさらだ。一緒に来てくれたほうがいいんだが、どうかな」

「私も賛成です」

「お楽さん、あんたは本当に話が早くていいねぇ。万太郎さんが惚れるのも無理はねぇ」

「まぁ……ふふ」

嬉しそうにするお楽に、伴助は、じゃ後日連絡をするから、といって、まんじから離れていったのである。

五

額に傷のある御用聞きまがいの男を探せ……。

冬馬は、小者たちに指示を出していた。

伴助のねぐらを見つけて、どんな生活をしているのか、調べようという狙いである。

その話を聞いてすばやく動いたのは、小春だった。

町方よりも先に伴助のねぐらを見つけてやろう、と考えたのである。ねぐらさえ判明したら、あとは冬馬の仕事だ。

小者たちが走りまわる姿を横目に、小春は、大木屋に向かった。

店の前に着くと、通りから小石を数個拾った。

「たしか、立て看板の後ろでしたね」

ひとりごちると、人目を忍びながら、大木屋と書かれた立て看板の後ろに、小石を積んだ。

応対に出てきた番頭らしき男に、立て看板の後ろに不思議な石が積まれている、と告げる。

泡を食った番頭は、お待ちください、といって奥に引っこんでいった。

小春は、にんまりしながら待っていると、

「大木屋の一番番頭、儀助と申します」

額に汗を滴《したた》らせながら、小石はどこにありましたかと問う。

小春は、外に出て小石のそばまで連れていった。

「これは……」

儀助は、さらに汗を拭きながら、

「申しわけありません。お買い物は、後日にしていただけませんか」

「はい、なにか事情がありそうですね」

「は……まぁ、はっきりとはいえませんので」

申しわけない、と頭をさげる儀助に、小春は、わかりました、と通りに出た。

少し離れたところから、大木屋の動きを探っていると、小僧がどこかに走っていく。

――伴助のところに違いない……。

小春は、小僧を尾行する。

その足の速さに驚きながら追いかけていくと、甲州街道に入った。笹塚《ささづか》の一里塚を抜け、玉川上水《たまがわじょうすい》と平行するように進んで代田橋《だいたばし》を過ぎ、下高井戸宿に入った。

甲州街道は、甲府まで多少は曲がりくねりがあれど、直線に整備されている。将軍に危険が及んだときには、甲府まで一気に逃げられるように作られたからだと聞いたことがある。

小僧は、街道筋のなかでも粗末な造りの旅籠《はたご》に入っていった。屋号を眺《なが》めると、三沢屋《みさわや》と書かれてあった。

小春は、小僧を見張る。

伴助が相手とはかぎらないからだ。

なんとか、相手が伴助であるように、と祈りながら見ていると、額の傷を光らせて、伴助が出てきた。

小僧となにやら会話を交わしている。

その顔には、驚きと、困惑が混じっているように見えた。

自分が仕掛けたのと同じような石の積み重ねが起きたと聞いて、驚いているのだろう。

その表情を見ると、やはり、伴助の自作自演は間違いないように感じた。

伴助の後ろから、浪人が顔を出して、会話に加わった。声は聞こえないが、伴助と、いいあいをしているように見える。

相手が仲間だとしたら、一枚岩とはいえないように見えた。

小僧が離れても、まだいい争いをやめない。

話を聞こうと、少し近づいた。

勝手に本番をやるのか、と浪人が食ってかかっている、

本番とは、なんだろう。

小春は思案する。

評判になりかかっている伴助の才知は、どこでなんの目的で使おうとしているのか。小春には、疑問が募《つの》るだけである。

そこに髭茫々の男が、のこのこと進み出た。

——あれは……若旦那、いえ須佐之男……。

どうして、ここにいるのか、と小春は目を見張る。

どこかで大木屋を見張っていたのか、それとも、若旦那の財力を使って、額に

傷のある男を探させたか、または、奉行所に賄賂を使って下っ引きたちの調べを聞きだしたか。

いずれにしても、若旦那の行動は常人とは異なる。

周囲に目を向けると、少し離れたほうで、背に荷を担いだ行商人らしき男が、恐々《こわごわ》こちらをのぞいていた。

どうやら、その男が須佐之男をここまで連れてきたらしい。

と、その男はすたすたと進みだした。足先は三沢屋だった。

どうなるかと息を呑んでいると、男は、伴助の前を通りすぎ、旅籠へと入っていった。

なるほど、と小春は得心する。

行商人は、旅籠で伴助と一緒だったのだ。

しかし、思わぬ須佐之男の出現である。

せっかく、自作自演の裏を暴こうと、立て看板の後ろに石積みを作ったのに、これではその策が活かされずに終わる。

思案した小春は、みなの前に向かおうとした、そのとき、帰ったと思った大木屋の小僧が戻ってきた。

伴助の仲間らしき男と、須佐之男に食ってかかっている。

店が大変なのだから、伴助の邪魔をするな、と聞こえた。

須佐之男は、困惑している。

伴助も仲間らしき浪人も、小僧の剣幕《けんまく》に押され気味だ。大人たちが小僧にたじたじになっている様に、笑いがこみあげてくる。

ときどき聞こえる言葉から推量すると、すぐ助けにきてくれるかと思ったけど、後ろにいなかったから、驚いて戻ってきた、というような意味の内容だった。

伴助は、宥《なだ》めるように小僧の肩を叩き、すぐ向かうと答えた。

「ついでに、両万の旦那と一番番頭も呼んでくれ」

わかった、とうなずき、怒りを鎮めた小僧は、一緒に行くといい張っている。大事な役目をまかされたという責任感でもあるのだろう。

こんなときは、子どものほうが強い。手を引かれた伴助は、須佐之男に舌でも出しそうな顔つきで、離れていった。

獲物を通り逃がした猟師のような顔つきで、須佐之男はすごすごと戻りはじめる。

「逃げられましたね」

「……おやおや」

怪訝な目つきで小春を見つめるが、力はない。

「須佐之男さま、なにか新しい情報があったのですか」

「八つの頭かと思ったが、四つであった」

「え」

「伴助以外に、四つの頭がある化け物が、あの旅籠に隠れている」

「それは……伴助の後ろには、四人の仲間がいるということですか」

「そのとおり」

「どうしてそれを知りえたんです」

「私は、須佐之男である」

「あい、そうでした」

若旦那は答えながら、懐に手を添えた。本人は意識していなくても、財布に手を触れたに違いない。

さきほど三沢屋に入っていった行商人から聞いたのだろう。若旦那の懐は、町方よりも強力のようだ。

須佐之男は天に戻らねばならぬ、といって小春から離れていった。膝を高くあげた足取り姿は、空を歩くようであった。

「さすが神さま……」

六

その日の夜、冬馬は、伴助が大木屋を訪ねたという話をする。

小春としては、伴助が大木屋に行った隙を狙って、旅籠にもぐりこむつもりだった。伴助の目的はどこにあるのか、それを探ろうとしたのだが、須佐之男の登場で、その策も露《つゆ》と消えた。

「その後の様子でも、見にいったのではありませんか」

小春は、知っているとは答えられない。

いや、と冬馬は首を振る。

「手代《てだい》から聞いた話では、やつは今日、寝ずの番をするそうです。立て看板の裏にまた石が積まれていたためだとか」

「へぇ。では、今度は本当に店が狙われているのでしょうか」

「それを今晩、確かめます」

「見張りにいくのですね。誰か小者を連れていくのですか」

「須佐之男さんが待ってます」

苦笑しながら、冬馬は答えた。

「お役に立ちますでしょうか」

「嵐の吐息が味方です」

ふっと笑みを浮かべてから、冬馬は付け加えた。

「ねずみ小僧が出そうな気がするのです」

「おやおや」

「あの石は、やつの仕業と私は睨んでいます」

「まぁ」

「近頃のねずみ小僧の行動を見ると、少し変化が起きているような気がするのです」

「それは……」

「私たちをどこかで見ていて、笑いものにしているのではないかと」

「それはないと思いますが」

「いや、あります。今回の大木屋の石は、最初は伴助でしょう」

「はい」

「でも、今回のは違います」

「どうしてわかるのです」

「話を聞いて気がつきました。前回と今回の違いは、石の積み方にあります」

「まぁ」

「前回は、大きさの異なる石を、てきとうに積んでいました」

「へぇ」

「でも今回は、大きさが同じくらいの石をていねいに積んでいました」

「見たのですか」

「確かめたのです」

積まれていた石を検分してみた、というのである。

「ご慧眼《すいがん》ですねぇ」

小春は、そこまで考えてはいなかった。

「石の積み方にも、本人の心情が出るといういい例です」

「驚きました」

冬馬の目のつけどころは、鋭い。

「でも、どうしてねずみ小僧はそんなことを」

わざわざ、自分が盗みに入ると告げる必要はない、と小春は問いかける。

「いえ、それがやつの傲慢《ごうまん》なところです」

「さぁねぇ」

「自分の力を過信している。だから、そんな馬鹿な行動を取るに違いありません」

「旦那さま……」

力説する顔が高揚している。

「興奮してきました……」

「それは大変」

「鎮めてください」

「え」

冬馬は、小春ににじりより、唇を突きだした。

「……お帰りになってからです」

「いまです」

冬馬は、無理やり小春の唇を奪った。

……。

やがて、身を整えてから、小春はお気をつけてと冬馬を送りだした。

子の刻あたりに起きだした小春は、ねずみ小僧の装束を身にまとった。

八丁堀から、両国まで駆け抜ける。

大木屋の周辺には、冬馬が見張りのため、隠れているはずだ。

石積みが、ねずみ小僧の仕業と信じている冬馬の気持ちを汲んであげようとしたのだが、それ以上に、役に立てたら、と思って走ってきたのである。

店を前にして首を傾げる。

――伴助が、寝ずの番をしているなら、引込《ひきこみ》ができる……。

小僧につられて伴助が大木屋に向かった場面を、小春は見ていた。

傍目《はため》には、小僧の言葉に負けたと考えられるかもしれない。しかし、伴助は浪人との別れ際、ひとことふたこと会話を交わしている。

別れ際、浪人はにやりしてから、わかったと返答しているように見えた。口の動きから察することができたのである。

――あれが悪事を伝える合図としたら……。

小春が積んだ石を逆手に取ろう、と考えたとしたら……。

これは大変、と小春は冬馬に伝えようと周囲を見まわした。もちろん、冬馬がどこに隠れているのか、予測はつかない。つくようなら、かえって困る。

まずは様子を見守りたい。

伴助の仲間を見つけるために最適な場は、屋根の上だろう。店を取り囲んでいる板塀から、見越しの松につかまり、そこから屋根に飛び移った。

半月が、小春を照らす。

いつもの、あざやかなねずみ小僧が浮かびあがっていた。

屋根伝いに、瓦の音を立てずに上へとのぼる。

屋根のてっぺんから、伴助の仲間たちの姿をとらえたい。

しかし……。

「やはり来たな……」

「あ……」

「待っていた」

旦那さま……。

身体が強張《こわば》る。

「こんなことだろうと思っていましたよ」

小春は言葉を探すが見つからない。

逃げようにも、屋根の上では動きが制限される。

――しまった……さっき気がつくべきでした……。

周囲を見まわしたとき、冬馬の気配はどこにも感じられなかった。そこで気がつくべきだった。

「神妙にお縄につくんだ」

冬馬はじりじりと近づく。やがて顔はばれるだろう。手ぬぐいを鼻で絞っているとはいえ、半月はそれくらいの明かりを持っている。

「曲者《くせもの》だ」

そのとき、叫び声が聞こえた。須佐之男の声だった。

「曲者は、ここです」

冬馬が地面に向かって叫んだ。

「違う、違う、こっちだ」

髭を振り払うように、須佐之男は手を振りまわしている。

「なんだって……」

困惑した冬馬に隙が生まれた。

その間隙を縫って、小春は屋根を滑《すべ》った。そのまま屋根から着地する。同時に、ひと回転して立ちあがった。

眼の前に須佐之男がいる。

「なんだい、あんたは」

声をかけられたが、のんびりした雰囲気である。

「ははぁ、ねずみか」

「…………」

「あっちだ」

指さされた方向に目をやると、暗闇がある。

逃げろ、との合図らしい。

小春はちょこんと頭をさげて、暗闇に溶けた。

裏側から冬馬が駆けこんできた。梯子《はしご》が裏にかけられていたのだ。

「ねずみは」

「ちゅーと闇に消えた」

「追わなかったのですか」

「曲者は、あっち」

ひょうたん池の方向を指さした。そこには、数人の影がうごめいている。

「なんです、やつらは」

「伴助」

「ははぁ……見誤ったか」

石積みはてっきりねずみ小僧と思ったが、伴助一味だったのか、と冬馬は落胆する。

「おやつを取りあげられた子どものようではないか」

「意味がわかりません」

「意味はわからなくても、賊はあれにいる」

「そうでした」

あわてて冬馬は、ひょうたん池に向かった。その先で影たちは、誰かと対峙しているようであった。

七

冬馬が見たのは、伴助が男ふたりの前に立ち、匕首を抱えている姿だった。

半月の光は、鬼のように変化した伴助の顔を浮かびあがらせている。

さらに、なぜか額の傷が光っている。

「憶えがあるだろう」

「誰だい、あんたさんは」

背丈のある男が、聞いた。その場の雰囲気をものともしない恰幅《かっぷく》のよさは、どこぞの大店の主人らしい。

「おめぇより、そっちの馬鹿野郎のほうか。憶えているのは」

「そんな面《つら》の野郎など知らねぇよ」

背丈のある男のとなりにいる男が叫んだ。

「ふん、大店の番頭さんがそんな言葉遣いとは、恐れ入るぜ」

「なんだと」

「それが、万太郎と清六の違いだ。差がつくはずだぜ」

「やかましい、誰だ、てめぇは」

「この傷を見ても思いだせねぇのかい」

「……知らねぇな。そんな汚ねぇ傷なんざ」

どうやら、伴助が対峙しているのは、万太郎と清六という名らしい。三人の間で、どんないきさつがあったのか……。

冬馬は、成り行きを見守る。

気がつくと、となりに須佐之男が来ていた。

「なんだ、あの三人は」

「八つの頭ではありませんね」

「四つでもないな」

「屋根の上から見えたのですが、おそらく数人の賊が、大木屋の屋敷内に入っていきましたよ」

「それはいかぬ」

あわてた須佐之男は、髭をなびかせ縁側を駆けあがった。

冬馬は、屋敷に入ろうか、目の前のいさかいを見届けるか、迷う。

そのときだった、

「旦那、屋敷の賊たちはまかせておくんなさい」

小者の声が聞こえた。

「よし、まかせた」

聞いたことのない声だったが、須佐之男ひとりだけでなければ、なんとかなるだろう。

三人の会話は、進んでいた。

伴助が幼きころ、ふたりにいじめられたと叫んでいる。

「……知らねぇぜ、そんなやつは」

「あぁ、そんな馬鹿がいたっけかなぁ」

万太郎と清六のふたりは、笑いあっている。

「てめぇたち……」

伴助の怒りは頂点に達しているようだった。

「あのころ、いじめたやつはひとりやふたりじゃねぇからな」

万太郎がにやにやしている。清六も同じようにまったく憶えていねぇ、と吐き捨てるだけである。その返答は、伴助には酷《こく》ではないか、と冬馬は聞きながら感じた。

仕掛けたほうは忘れても、受けた側は身体だけではなく、心が震えるほど憶えている。

だから、草双紙などでは復讐譚が引きも切らないのだ。

「まぁいい、その伴助といったなぁ。で、なにが欲しいんだ。金ならやるぞ」

万太郎は懐から巾着を出して、小判を取りだした。

「ほら、持ってけ、汚ねぇ犬め」

「あぁ、持ってけ」

清六も、万太郎の尻馬に乗って唾を吐いた。

「汚ねぇ……」

「おめぇみてぇな、いつまでも恨みを持っているようなやつの痰は、きれいなのか」

「汚ねぇのは、唾だけじゃねぇ。おめぇたちの心だ」

「ははは、ひとを騙りにかけるようなやつの痰がきれいだとは、恐れ入ったぜ」

ようやく思いだしたのか、清六は万太郎に、やつは蝦蟇の油売りの息子だと告げた。

「いたな、そんなやつが。大道芸で人を騙くらかしているやつが親だったたな。その血が、お楽を嘘八百で騙して、おれたちを誘いだしたってわけかい」

「親が親なら、子も子だ」

清六は、また舌打ちをする。

「町方がいたのはどういうわけかしらねぇが、おめぇを突きだしてやる」

三人の会話を聞きながら、冬馬はそろそろ出番だろう、と進み出た。

「後ろで聞いていましたよ」

清六は、闇からぬっと出てきた冬馬に驚きながらも、

「あぁ、親分さん、そんなところにいたんですかい」

「私は親分ではない」

「見た目は同心らしいが、どっちにしろ、不浄な犬だな」

万太郎が大笑いする。

冬馬は、頭に血がのぼりそうになっているが、ぐっとこらえながら、

「伴助、やめろ。自分が損をするだけだ」

「……ほっといてくれ」

「それはできませんねぇ。こんなごみ溜めの蝿のような輩を殺《あや》めたところで、心は晴れません」

「晴れなくたっていいんだ」

「おや、晴れなくてもよければ、曇りのままでいい」

「……大きなお世話だ。邪魔するな」

「できませんよ、それは。殺しを目の前にして放っておくわけにはいきません。たとえ、ごみ溜めの蠅でも、殺しては極楽浄土にいけません」

「……あんた、こんなときまで冗談をいうのかい」

「本気でいってます」

伴助はどう返答したらいいのか、困り果てた顔をする。変なやつにつかまってしまったと思っているらしい。

「それに、あんたの父親は騙りをやっていたのです。でも、父は父、伴助は伴助。気にするのは馬鹿です」

「でも、そのおかげで、おれはいじめられたんだ」

「ならば父親を狙ったらいい。いま、どこにいるのです」

「知らねぇよ」

「探しましょうか」

「いらねぇ……あんたの言い分はめちゃくちゃだ」

「真理です」

おいおい、と呆れ声が聞こえた。万太郎が、いいかげんにしろ、と叫んでいる。

「なにやってるんだい、そんなところでくだらねぇ問答してばかり。そんな野郎は早くお縄にしてくれねぇと、ゆっくり眠れません」

万太郎の言葉に、冬馬はゆっくり答える

「ごみ溜めの蠅はまだいましたか」

「口の減らねぇ同心だ」

「口は減りません。あなたたちの口は、減ったり増えたりするのですか」

「馬鹿か、あんたは」

「ごみ溜めの蠅よりはましです」

伴助は、冬馬の言葉を考えているようである。だらりとさげた手が、匕首を持つ力を失っているようであった。

さて一方、須佐之男は屋敷内に入りこんだはいいが、賊たちの場所を見つけることができずに、廊下や縁側などをうろうろしていた。

追いかける途中に見た賊は、行商人から聞いたとおり、四人だった。

八つの頭ではないなぁ、とぶちぶちいいながら、須佐之男は廊下を行ったり来たりしている。

だが、賊たちはどこに隠れたのか、姿は見えない。また廊下の角にあたり、

「どっちだ……」

大店の屋敷内は複雑すぎる、と不服をいいながら、会話でも聞こえてこないかと耳を澄ました。

と、どこから来たのか、影が前に立った。

「こちらです」

「……あんたは」

「私のことより、賊たちは屋敷から抜けだして、外の蔵にいますよ」

「そうか、蔵か」

姿が見えないわけだ。

「で、あんたは誰だ。あぁ、さっきのねずみか」

「こちらです、ご案内いたします。私のことはどうぞお気にならずに」

「そうか、では気にせぬ」

蔵につくと、明かりとりが光っている。戸は開いたままだ。

なかに入ると、湿った匂いが流れてきた。

一階は大きな家具の類《たぐい》が乱雑に並んでいるだけだった。一見して金目のものはないとわかる。

「やつらは、二階だな」

ふたりは、せまい階段をのぼった。

と、上からどどどっと数人、階段を駆けおりてきたではないか。

「やめろ、馬鹿」

須佐之男があわてる。小春はさっと飛びおりたが、須佐之男は集団に巻きこまれて、足を踏み外した。腰を強く打って、痛みで立ちあがれない。

その間に、賊たちは、外へと逃げていく。

ようやく立ちあがった須佐之男が、腰をさすりながら、痛い痛いといいながらも、

「こらぁ。私をどこの誰と心得るか」

その大声に、賊たちはぴたりと足を止めて、

「なんだ、おまえは。髭をあたる金もないのか」

「馬鹿者」

賊たちの揶揄にも負けず、須佐之男はさらに叫んだ。

「八岐大蛇と見るには小粒だが、まぁよい。相手にしてやろう」

「なにをいっているのだ、この髭親父は」

薄ら笑いを見せながら、四人の賊は踵を返した。だが、先まわりをしていた小春が立ちふさがる。

「おまえは、なんだ」

「邪魔をすると、斬るぞ」

「どけ」

銘々《めいめい》が勝手なことをいい募る。

「ここから離れても、あちらには町方がうようよしてますよ」

「ふん、そんな嘘をついても無駄だ。さっき見たら、伴助のまわりには知り合いらしきお店者がいるだけだった」

「隠れているんですよ。あなたたちを待ってね」

「やかましい」

賊のひとりが、小春目がけて打ちかかった。残りの三人は、次の手を考えているのか、動こうとしない。

「須佐之男さま、嵐です」

「え……」

「いまこそ、嵐を」

「あ、そうであった。ふぅふぅ」

……どうしたわけか、四人がその場にうずくまってしまったではないか。吐息が嵐を呼んで、賊を倒したのか。

もちろんそうではない。

小春が吐息に合わせて、目潰しを投げつけたのだ。半月の光の下では、まるで須佐之男の吐息が、賊を倒したように見えた。

「わかったか、私の吐息は嵐を呼ぶのだ」

小春は、ひとりひとりの帯を解いた。その手際のよさは、目を見張る。

「これは……」

帯を解くと、それぞれの懐から小判が転げ落ちた。

小春はそれをすばやく拾った。

「須佐之男さま、賊たちが目を覆《おお》っている間に、これで縛りつけてください」

「おまえは本当にねずみ小僧か」

「さぁ、私のことなど、どうでもよいのです」

「そうか、では考えぬ。神はよけいなことには首を突っこまぬからな。おまえが誰かなどは、どうでもよい。それにしても、八岐大蛇とは、ほど遠い化け物である」

それが不満だ、といいたそうにしながらも、ひとりひとり、庭の木々に縛りつけていく。

八

冬馬は、脱力した伴助の前に立つと、ささやいた。

「行きなさい」

「…………」

「ここから離れるのです。こいつらのことは忘れてしまいなさい」

「どうしろと……」

「江戸から離れるんです」

「意味がわからねぇ」

「わからなくてもいいから、離れるのです」

このまま江戸にいたら、また復讐の思いが募るだろう、と冬馬はいう。

「こいつらをこのままにして、江戸を離れろというんですかい」

「そうでなければ、江戸の人心を迷わせた科《とが》で捕縛しなければなりません。町方を装ったおこないは、本当の御用聞きたちからも恨まれます」

「う……う」

――そうなる前に江戸から離れろ、というのか……。

冬馬の気持ちに、伴助は気がついた。

「私の気が変わらないうちに、早く」

伴助は、一度二度、万太郎と清六を睨みつけて、

「てめぇたち、どこぞでのたれ死にしやがれ」

冬馬に向けて頭をさげると、伴助は庭から通りに抜けていった。

ふたりは、馬鹿なやつめ、と笑い通している。

冬馬は、さっさとどこかに行け、とふたりに告げる。

「でも、嵐には気をつけてくださいよ」

「嵐なんぞ来ませんよ。私たちはずっと順風満帆ですから」

それでも、ごみ溜めに気をつけろ、と冬馬は返した。

そこに、須佐之男がやってきて、賊を縛りつけたと告げる。

「それは、お手柄でした」

「なに、ねずみ小僧らしき男、女かもしれんが、そやつが助けてくれた」

「あ……ねずみ小僧」

もう消えた、と須佐之男は髭を撫で続ける。

しかたがない、と冬馬はねずみ小僧を諦め、須佐之男になにやら耳打ちをする。

「……なに、そうか、伴助が、ふうふう」

騒ぎにどう対処したらいいのか迷っていた大木屋の者たちが、ずらずらと顔を出しはじめ、冬馬は収拾に動きはじめた。


それから数日後。

須佐之男は、身を縮めながら、ごみ溜め山の前にひそんでいた。

「私の吐息は、嵐を呼ぶのだ」

ふぅふぅと、一心に息を吹きかけている。

その姿を見たものは誰もいない……。

須佐之男の姿は消え、大店をまわる伴助も見なくなっていた。

「あの伴助さんに、そんなつらい子どものころがあったんですねぇ」

小春は、冬馬から聞かされた話に神妙な顔をする。

「ところで……あの火事はどうしたわけです」

昨日の深夜、万太郎の店が火事に襲われ、身代すべてが焼け落ちてしまったのである。

万太郎は、なんとか火から逃れたが、一番番頭の清六は逃げ遅れて、全身火だるまになりかけたところを、どうにか火消しに助けられたそうだ。

あの火傷では、そうそう長生きはできないだろう、という。

調べた役人によると、ごみ溜めから火が出たらしい。ごみが集積されると、熱を帯びて火を呼ぶことがある。

原因はそれだろう、という結果になっていた。

小春は、なにか都合がいいような気がする、と冬馬を見つめる。

「いえいえ、それよりおかしなことがあります。あの深夜に両国橋や、大川橋の橋桁で暮らしているようなものもらい連中に、小判が投げられたのです」

みなは、ねずみ小僧からの贈り物だ、と噂をしているらしい。

「へぇ、そんなことがあったのですか」

小春はとぼけながら、

「須佐之男さまはどうしたのですかねぇ。あの嵐を呼ぶ吐息は……」

「八岐大蛇退治ではなかったですからね」

「それは、悲しんでいたでしょう」

「はい、敵は、八つ目うなぎでしたから」

第二話　湯島男坂の恋

一

ふぅ。

お昌《まさ》は、家から一歩出ると大きく息を吐いた。

知らぬ間に、雪が降っていたらしい。通りの景色が白い。遠くで子どもたちの声が聞こえてくる。雪だるまでも作っているのだろうか。

あぁ。

もう一度、吐息を吐いた。

「いいかげんにしてほしいわ……」

さっきまで姉ふたりが姉妹喧嘩をしていたのだ。

その内容があまりにも下賤《げせん》すぎて、仲介をする気もなく、家を出てきたのである。懐には、最近手に入れた手のひらに隠れる程度の人形を持っていた。

十軒店《じっけんだな》で買った人形である。小さいために、お守りのように持って歩いているのだった。

「どうして、あのふたりは男と食べ物の話しかしないのかねぇ」

いつもふたりの会話の中心は、どこそこの勤番侍《きんばん》は姿見がいいの、湯島のなんとかという役者の目がいいの。

男の品評会が終わったと思ったら、今度は、食べ物の話に変わる。

神田明神のせんべぇが美味しい、長命寺《ちょうめいじ》の桜餅《さくらもち》まではまだ間があるから待ち遠しい。両国のなんとかという料理屋に行ってみたい……。

さらに、料理百選《りょうりひゃくせん》を借りてきては、これはどこに行けば食べることができるだろう……などなど。

そんな話ばかりを聞かされて、お昌は辟易《へきえき》していたのだ。

さっきは湯島天神に出ている役者についての言い争いだった。贔屓《ひいき》の違いで、つかみあいなっていたのである。

「馬鹿馬鹿しい」

もっと考えることがあるでしょう……とお昌はひとりごちながら、

「あぁ、雪はいいわねぇ」

あんな馬鹿な姉妹の喧嘩に付き合うことなどないだろう。

そういえば、どうして雪ができるのだろう。

つい、そんなことを考えてしまう。

――こんなことしか考えない私は、変なのだろうか……。

姉のふたりには、男には興味がないとか、珍しい食べ物を前に出されたからといって、たいして嬉しくもない、と答えると、

「だから、あんたはもてないんだよ」

いちばん上の姉、お斉《せい》に馬鹿にされた。すぐ上の姉、お福《ふく》はお昌の顔を見つめて、

「あんたって、本当に女の子らしくないわねぇ」

いきなり、お昌の胸をぐいとつかんで、

「男みたいだものね」

きゃははは、と笑い転げる。

「大きなお世話よ」

お昌は、今年十六歳だ。

まわりから見たら立派なひとりの女だろう。しかし、お昌はまわりがどういおうと、姉ふたりとは会話をしたくなかった。

――ふたりの話は、くだらなすぎる……。

では、私はなにが好きなんだろう……。

つい自問してしまう。

ふふ。

考えながら、思わず笑みが浮かんだ。

――私が好きなのは……昌平《しょうへい》さん。

そう、お昌は別に男嫌いなわけではなかった。

昌平と会ったのは、湯島天神の床店であった。

男坂下で、竹とんぼばかりを売っている店が出ていたのである。竹とんぼなどは、子どもの玩具《おもちゃ》と思っていたお昌だが、店の男が楽しそうに飛ばしてる姿を見て、

「私にもできますか」

思わず声をかけた。

名前を聞くと、お昌と同じ字を使う昌平と知った。

それがきっかけとなり、ふたりは、ときどき浅草の観音さまにお参りをしたり、両国の川遊びをしたり、夏には、道灌山《どうかんやま》へ虫聴《むしき》きに行ったり。

楽しい日々を過ごしていたのである。

昌平は、お昌よりふたつ上だった。わずか二歳しか差はないのに、昌平はいろんな話を聞かせてくれた。

牛若丸《うしわかまる》と弁慶《べんけい》の話を中心とした戦記物や、ときには源氏物語《げんじものがたり》について、語ってくれたこともある。

姉たちの中味のない会話とは異なり、お昌には新鮮だったのである。

あるとき、お昌は昌平と一緒に商品を棚に並べていた。

お昌が、竹とんぼをひとつ飛ばした。

それは、湯島天神の男坂をおりていった。その姿を見て、昌平も飛ばした。

同じようにゆらゆらと、男坂をおりていく。

お昌が続いた。昌平も続いた。

男坂を、数本の竹とんぼがおりていく。

その姿は、まるで本当のとんぼが群舞《ぐんぶ》しているように見えた。

「痛い……」

一本だけ、飛ばずに落ちた。鼻緒《はなお》をかすめ、指に当たったのだ。

「あら、あんたもはぐれものなのね」

お昌は、姉妹からはぐれ扱いされている境遇と照らしあわせたのだった。

しかし、ほとんどは、坂をゆらりゆらりとおりていく。

「まぁ、きれい……」

風に乗って、雲に届くかと思えるばかりに上へ向かったり、坂をおりていく姿を、ふたりは笑みを浮かべながら見つめた。

本来は棚に並べるはずの竹とんぼたちである。

飛ばし終わって、坂の途中に落ちたひとつひとつを拾いながら、

「きれいだったけど、拾い集めるのが大変ね」

お昌は、悪戯っぽい顔で笑った。

「一回、こんなことをしてみたかったんだ」

「あら、そうなの」

「うん、売っていると、全部投げ捨てたくなるときがあるんだ」

「まぁ、売り物なのに」

「突然、嫌になることもあるからなぁ」

さわやかな笑いを見せる昌平に、お昌は一生ついていきたい、と考えたほどだった。

――それなのに……。

姉たちは、とまた頭がそちらに向いてしまう。

ふたりのくだらない喧嘩を無視して、外に出てきたのは、昌平との約束があっ
たからでもある。

溶けはじめた雪を踏みしめながら、

「昌平さんに会えば忘れられるわ」

そうだ、昌平の許しを得て、竹とんぼを飛ばそう。

雪景色を飛ぶ竹とんぼは、美しいに違いない。

嫌な気持ちが晴れるだろう。

お昌は足を早めた……。

二

「それが来なかったのですか」

冬馬は、昌平と名乗る若者を見つめた。

浅草の自身番である。

冬馬がひと休みしているところに、憔悴《しょうすい》した若い男が飛びこんできて、友だちが消えてしまった、と訴えてきたのである。

くわしく尋ねると、昌平は湯島天神の男坂で、竹とんぼを売っているという。住まいは神田佐久間町で、足を悪くして動けない父親の甚助《じんすけ》とふたり暮らしである。

甚助はもともと竹細工の職人なのだが、足のせいか、竹籠《たけかご》や、竹で編む行李《こうり》などを作れなくなり、子ども向けの小さな玩具を作りはじめた、というのである。

なかでも売れたのが、竹とんぼである。

「たいした収入にはなりませんけどねぇ」

昌平は、大人びた受け答えをする。腕を受け継ぐために修業しながら、父親の代わりに店番を務めている。

お昌は客だったが、仲良くなり、ときどきふたりで物見遊山《ものみゆさん》などしていたのだという。

今日も、お昌は湯島に来るはずだった。

「最近は、店番も手伝ってくれていました」

看板娘ができたのか、と贔屓の客に冷やかされるほど仲がよかったのだ、と昌平は沈んだ声を出した。

冬馬は、若い娘には家のなかでも、いろんなことが起きるから、ちょっとした家出ということはないか、と尋ねる。

「姉ふたりとは、あまり仲がよくないとは聞いていましたが……」

家出するほどではない、と答えた。

「それに、いくらなんでも姉が、妹をかどわかすこともないでしょうからねぇ」

ふむ、と冬馬は腕を組む。

「姉妹の顔、美しさが違うといろいろありそうだ」

その物言いに町役が、旦那、それはいわねぇほうが、と諭《さと》すが、

「女同士は、なにが起きるかわかりません」

「旦那、そんなまだなにもわからねぇうちに、決めつけはよくねぇですよ」

「決めつけではない、感想です」

「まぁ、そうでしょうけど」

昌平の困りきった表情を見ながら、町役は諦《あきら》めの目を見せる。

困惑する昌平を見つめながら、冬馬は念を押した。

「今日、約束していたのだな」

「はい。私との約束を忘れるはずはありません」

約束の刻限は、午の下刻。いまは、酉の刻になろうとしている。

これほど遅れるには、お昌の身になにか起きたに違いない、と昌平は焦りの目を冬馬に向ける。

「お昌の住まいには行ってみたのか」

「それが……」

「なんだ、そうか。内緒の仲か」

「すみません」

「では、ふたりの仲がばれて、親に外出禁止をされているとも考えられるのではないか」

「それは……私に確かめる術《すべ》はありません」

泣きそうになる昌平に、冬馬は、

「男は泣くものではない。しかも女が約束を違《たが》えただけではないか」

「私との約束を違えるわけがありません」

沈んでいた顔をあげ、背筋を伸ばして叫んだ。

「それだけの元気があれば、大丈夫だ」

しかし、昌平の背中はすぐもとに戻り、身体を丸める。

「旦那」

業《ごう》を煮やした町役が、冬馬に進言する。

「そのお昌とやらが家にいるかどうか、調べてみちゃぁどうでしょう」

「たのもぉ」

通りから声が聞こえた。

はい、と町役が迎えに出ると、

「こちらに、猫宮冬馬どのはおいでか」

「……あのどちらさまでしょう」

上から下まで白の小袖を着て、背中に長刀を背負っている。柄も真っ白だが、刀をつる紐の朱があざやかだった。こんな姿で通りを歩いていたら、目立つこと極まりない。

「お名前を」

「会えばわかる」

「しかし」

町役が困っていると、冬馬が近づいてきた。

「おやおや」

「私です」

「ははぁ……」

いつもの若旦那であるとは気がついても、今度は誰に変身しているのか、判然としない。

「どうして、そんな目立つ格好をしているのです」

真っ白な小袖。家紋は丸に巌の文字。摩訶不思議な格好をした若旦那は、すっくと背筋を伸ばし、いった。

「白は目立つから、敵の目がほかには向かない。それが私の人助けです」

斜めに背負った物干し竿のような長刀を抜きながら、見得《みえ》を切る。なるほど、佐々木小次郎《ささきこじろう》か。

だが、そうとは名乗らない。

「私は巌流《がんりゅう》」

「へぇ」

「二刀流は邪道です」

「そうでしょうねぇ。外は、冷える。どうぞなかへ」

せっかく見得を切ったのに、さっさといなされた若旦那、いや、巌流は抜いた刀を納めながら、冬馬に続いた。

なんとなく外で話を聞いていた、と巌流はいう。まだ雪が降りそうななか、突っ立って聞いていたのか、と冬馬は呆れる。

「お昌の住まいはどこだ」

突然現れた白装束侍に、昌平は驚きながらも、

「はい、両国広小路の両国橋前の角です」

淡島屋《あわしまや》という家具屋だと答えた。

「おう、淡島屋か」

「ご存じですか」

「あそこには、三人の娘がおると聞いたことがある」

「はい、そこの末の娘さんが……」

「ははぁ、外で聞いた話は、その娘であったか」

巌流こと若旦那は、どこぞの大店の道楽息子である。大店同士、店名を知っているのかもしれない。冬馬や小春は若旦那の正体は知らぬが、夏絵だけは、真の姿を見つけだしたらしい。

ひそかに若旦那を尾行して突き止めたというのだが、本人が隠している事実を自分があきらかにするわけにはいかない、と口を閉じているのだ。

おかげで、冬馬も小春も若旦那の正体は知らぬまま、付き合っているのだった。

冬馬は、巌流と一緒に両国に向かった。昌平も一緒だった。道々、巌流は昌平に質問を浴びせる。

「湯島界隈を探したのか」

「もちろんです。なかなか来ないので、途中まで探しにいきました」

「それでも、姿はなかったと」

「途中で、道草《みちくさ》をするような人ではありませんから」

「そのとき、なにか見なかったか」

「なにかとは」

「不忍池に誰かが落ちたとか、大川に誰かがはまったとか」

「なにもありませんでしたねぇ」

そうか、と厳流は、刀の柄に手を伸ばしながら、

「まぁ、なにかあったら、この物干し竿がものをいうから、心配は無用である」

「刀を使うような揉《も》め事などはありませんけどねぇ」

「この江戸では、なにが起きてもおかしくはない」

「はぁ、まぁ、そうですが」

悪さをするようなお昌ではない、と昌平は思っているのだろう。

冬馬は、事件に巻きこまれたのかもしれぬ、という。

「そうかもしれませんねぇ」

昌平の顔は、ますます強張《こわば》り、

「もし、そうだとしたらどうなるのでしょう」

「まぁ、二日以内に見つからなければ、死んでおるな」

「なんてことを……」

配慮のない冬馬の答えに、巌流は、おい、と脇腹をつついた。

「な、なんです」

「おまえさんは、人でなしか」

「なぜです」

「いま、そんな話をするときではあるまい」

「……まだ、かどわかしと決まったわけではありませんよ」

「それはそうだが」

「私は、ただ予測の話をしただけです」

「それがいかぬというておる」

「はて……」

なにが悪いのだ、といいそうな冬馬を見て、巌流は眉をひそめる。昌平は、冬馬の言葉が気になってしかたがないのだろう、

「まだ生きてますよね」

「家に戻っているということも考えられるのだから、いまの言葉はあまり気にするな」

「しかし」

「うるさい、しょっぴきますよ」

「…………」

三

両国へ行く途中、昌平は、そういえば……と口を開いた。

なんだ、と巌流が足を止めた。少し先を歩いていた冬馬も、振り返る。

「荷車が止まっていました」

「荷車が……なにを積んでいたんだ」

巌流は興味を持ったのか、くわしく尋ねる。

「菰《こも》を被《かぶ》っていたからよくはわかりませんでした」

「となると、商売用の荷車だな」

庶民が荷車を使う場合は、引っ越しが多い。しかし、通常、家具は裸で積む。

荷駄をひとつずつ菰で囲うような面倒な真似はしないだろう。

「はい、最初は米俵かなぁ、と思いましたけど」

そうではなかった、と昌平は答える。

荷車が関係あるのかどうかはわからないが、普段と異なることがあったので、と昌平は付け加えた。

「荷車と、そのお昌さんと関係があるとは思えぬな」

巌流は首を傾げる。

「そうですね、すみません」

巌流の言葉に、昌平は素直に頭をさげるが、

「孤が動いていたような気もしたんです」

その言葉に、冬馬が反応する。

「動いた……人が入っていたのかもしれない」

「それがお昌さんだというんですか」

「それはまだわかりませんけどねぇ」

昌平は、もしそうだとしたら、どんな意味になるのだろう、とつぶやいた。

「簡単です。かどわかされただけです」

「だけってことはないでしょう」

昌平は食ってかかる。

「もしそうだとしても、大丈夫。二日くらいは生きてますから」

悔しそうな昌平にも、冬馬は動じない。

「まだはっきりしておらぬのだから、心配はいらんよ。では、その荷車を調べてみるか」

巌流が昌平を宥《なだ》めるように顔を見る。

「でも、荷車がいつまでもそこにあるとはかぎりませんよ」

冬馬が歩きだすと、

「こちらです」

昌平が、巌流にだけ教えた。冬馬は数歩進んで振り返り、苦笑してからふたりを追った。

湯島男坂下から大通りに向かうと、参拝客などが泊まる老舗《しにせ》の旅籠《はたご》がある。その横に路地があった。突きあたりになっていて、後ろには表店やら、裏店が並んで見える。

袋小路になった場所に、荷車が置かれていたとは不思議だ、と巌流は疑惑を感じた。

「このあたりには、小さな旅籠や、土産物屋《みやげものや》があるから、そのための荷車ではありませんか」

冬馬は、周囲を見まわしながら判断する。

「それもあるかもしれぬ」

手を伸ばして、長刀の柄を握りながら巌流がいうと、

「それにしては、荷駄が少ないような気がしました」

思いだしながら語る昌平に、

「そういえば、菰被りが動いていたといいましたね」

冬馬が怪訝そうな顔をする。

「はい。いや、はっきり見たわけではありませんが」

そんな気がした、と昌平はうなずく。

「では、目の錯覚ということもありますね」

「……そうかもしれません」

あっさり否定されて、昌平は肩を落とす。

「まぁ、まぁ、冬馬さん。そんな無碍《むげ》なくしたら、こいつが可哀相です」

「こいつという呼び方も、可哀相ですね」

突きあたりには生け垣がある。巌流は、苦笑しながらも足で周辺をかき分けている。

「なにか出ましたか」

冬馬が問うと、

「まだだ」

「なにかありそうですか」

ううむ、と巌流は、なにもおかしなところはない、と答えるしかない。

「私が見つけました」

「なんと……」

差しだした冬馬の手のひらには、黄色く光る欠片が載せられていた。

「そこの切り株前で見つけました」

「なんだ、これは」

「さぁ……」

巌流と冬馬が、しげしげと手のひらでキラキラする欠片を見ていると、

「これは……簪《かんざし》の尖ったところではありませんか」

昌平が、冬馬の手のひらで転がしながら、いった。

「簪の先端か……」

　巌流は、ふむとうなずき、

「なるほど、そうかもしれぬ」

　その気になって見つめると、たしかに、髪に刺す先端に見えた。

「お昌さんのものか」

「さぁ……一部分だけ見ても……」

「わからぬか」

　巌流が、がっかりすると、

「たいして、好きではないという表れですね」

　冬馬がいい捨てた。

「普段から、その人をきちんと観察していると、どんな簪を差しているか、わからないということはありません。現に私は、小春さんがどんな簪をしているか、知ってます」

「……この尖《とが》ったところだけを見てもわかるのか」

　半分揶揄《やゆ》しながら巌流が問うと、冬馬はあっさりと、

「はい。わかります。形を見ると、これは松葉《まつば》簪ですね。さらに追加すれば、べ

っ甲仕立て。安物ではありません」

冬馬の解説に、巌流は、たしかにこれは名のある飾り職人が作ったものかもしれぬ、とうなずく。

「お昌は、両国の家具屋、淡島屋の娘だったな」

「はい」

「それなら、高価な簪を持っていても不思議ではない」

「しかし……」

昌平は、簪らしい欠片を見ながらいった。

「娘たちが持つ簪にしたら、小さいような気がします」

「それは折れてしまったからであろうよ」

巌流が応じると、冬馬もどれどれ、と巌流からもぎ取る。

「ふぅむ、いわれてみたらたしかに、小ぶりであるな」

「人形の簪とも考えられるのではありませんか」

昌平の言葉で、東亜と巌流はもう一度、周辺をあたる。

「あったぞ」

生け垣のなかに、小さな人形がみつかったのである。簪をあててみると、ぴたりと一致した。

「なるほど、これは人形用の簪であったか」

「これはお昌さんが持っていたものか」

巌流の問いに、昌平は首を傾げる。

「さぁ、見たことはありませんが……」

「いずれにしても、この人形の持ち主がお昌さんかどうか、裏取りをしましょう」

冬馬がいうと、それがよい、と巌流も賛同する。

「淡島屋に行って、この人形を見てもらいましょう」

「そういえば、淡島屋ではお昌が消えたと気がついてはおらぬのか」

「消えたと騒いでいるのは、昌平さんだけですからね」

約束の刻限に姿を表さなかっただけで、その刻限から、まだ一刻半を過ぎた程度である。

「もしかしたら、家に戻っているかもしれませんよ」

「しかし……」

冬馬の言葉に、昌平は納得がいかない。

「まずは、淡島屋で確かめようではないか」

巌流のひとことで、その場はおさまった。

四

淡島屋を訪ねて姉妹にお昌について問うと、いつの間にか消えていたから、知らない、とぞんざいな返答だけである。妹のことなど気にしない、とでもいいたそうだ。

昌平は、顔を出したらまずいと、外で待っているのだが、姉の態度を知ったら怒り狂うことだろう。冬馬は、眉をひそめながら姉妹を見つめる。

したがって、質問は、もっぱら巌流である。

「その間、ふたりはなにをしておったのだ」

お斉とお福は顔を見合わせて、なにをしていたか忘れた、と答えた。

「あの子は、いつもひとりで動きまわるから、私たちとは合わないんですよ」

お斉が顔をしかめると、お福も同じような顔をして、

「なにがあったんです。あの子のことだから、ひとりで芝居見物にでもいっているんでしょうよ」

自分たちにかかわりはない、と吐き捨てた。

「では、これを見てほしい」

手のひらに乗る人形を見せても、

「知りませんね、これがあの子のものかどうかなどは……」

「人形など、気にしてたことはありませんから」

姉妹は、まったく妹に対して興味がない、という顔つきだった。

「そんなことより、離れの掃除をしてくれと頼んだのに」

「離れとは」

「私たちの部屋よ」

「自分でやればよいではないか」

「どうして私たちが掃除なんんか。妹なんだからあたりまえですよ」

お斉の言葉に、お福もそうだそうだとうなずいている。

とんでもない姉たちだ、と巌流も冬馬も呆れているが、ここで怒ってしまったのでは、お昌について聞きだすことができない。

巌流は、粘《ねば》り強く尋ねた。

「お昌さんはよく芝居見物に行くのか」

「……そんなことより、あんた、誰です」

いま気がついたように、お斉が目をきつくする。

「巌流である」

「はぁ……」

ようやく冬馬が、前に出た。

「私の補佐役です」

ときどき探索の力添えをしてもらっている、と冬馬は答えた。姉妹は顔を見合わせながら、白ずくめの巌流をじっと見つめる。

「変な格好だけど……」

「そうそう、だけど、どこか可愛いところもあるわね」

お福が巌流に近づき、胸に手を添えた。

「ねぇ、どこかに連れってって」

「……馬鹿なことをいうな」

「あら、この人、顔を赤くしているよ」

「私には、心に決めた人がいるのだ」

「その人のお名前は」

「お通さん、変な名前ねぇ」

お福が笑いだした。続けてお斉もけたけたと声をあげて、

「きっと一生、待たされるわね」

許さぬ、と巌流は手を持ちあげた。柄を握ったところで、冬馬が止めた。

「淡島屋さんにも話を聞きたいのですが」

姉妹では埒《らち》が明かないと考えた冬馬は、主人に会いたいと告げる。

だが、留守らしい。父親は商売のことしか考えていないから、お昌についても、なにも知らないと笑う。

母親は、三年前に病死しているとも答えた。ようするに、誰に聞いても、なにも知らないよ、とふたりはいいたいらしい。

冬馬は、しばらくじっとしていたが、帰りましょう、と踵《きびす》を返した。巌流が続くと、待っていた昌平がどんな様子か尋ねる。

「なんだ、あの姉妹は」

巌流が罵《ののし》った。

「金持ちはあんなものですか」

冬馬がつぶやくと、巌流は目を三角にして、そんなことはない、普通はもっとまともだ、と答えた。

「そうでしょうねぇ」

若旦那も金持ちの部類だろう。

それも、差配の千右衛門の様子を見ると、とんでもない素封家《そほうか》のように感じる。

それだけに、姉妹の態度が許せないらしい。

それでも、ひとつだけ成果はあがった。

お福がもう一度人形を見せろ、という。じっと見ていたら、思いだしたと手を叩き、

「この人形は、今川屋《いまがわや》みたいだねぇ」

お福の言葉に続いて、お斎もそうだねぇ、とうなずいてこう教えた。

「今川屋という職人が作った作品よ」

「その今川屋はどこにあるのだ」

「さぁねぇ。そんなことまで知るわけないよ」

ふたりは、そのままその場から消えてしまったのである。

姉妹の態度を受けて、血がのぼっている巌流は、気分を変える、といって冬馬と別れていった。

「これからいかがいたしますか」

昌平が、冬馬に恐る恐る聞いた。

「姉妹が話にならなかったので、女中に聞いてみます」

「私はなにをしましょう」

「……帰ってください」

「は……あ、はい、しかし」

調べは自分だけでやると冬馬はいいたのだが、昌平はお昌の行方がわからず、このままでは帰ることはできないといいたそうである。

「気持ちはわかりますが、邪魔です」

「はぁ……」

「しっかり探しますから気にしないで、どうぞ」

言葉とは裏腹《うらはら》に、さっさと離れろという顔つきを見せる。邪険にされたわけではないだろうが、昌平は半分むくれながら、

「わかりました。でも」

「でもはいりません」

「……しかし」

お昌を見つけるための策について聞きたいらしい。冬馬は、じろりと昌平を睨《にら》みつけると、空を見あげて、

「そろそろ日が暮れます。二日間が一日と半日に減りました。だから、肝《きも》は、残りの一日です」

「それを過ぎると、死んでいると……」

「見込みの問題です。死ぬとはいってませんよ」

表情が表れないだけに、厳しい言葉が昌平の気持ちを重くする。

それでもまだ、かどわかされたと決まったわけではない、と気を取り直した。

「見つかりますよね」

「それが私の仕事です」

ようやくまともな返事が聞けた、と昌平は安堵するが、

「探しはするけど、見つかるとはいってません」

ため息をつく昌平に、冬馬は、早く消えろと目で合図を送った。

「そんな可哀相ないいかたはありませんよ」

「どうしてですか。確実に見つけられるかどうかはわからないのに、見つけるとはいえません。それにかどわかしに遭ったなら、二日を過ぎたら死んでいると考えるほうが」

「それがいけません。弱っている人をさらに追い打ちをかけるのは、やめましょう」

「追い打ちですか、これが」

「追い打ちです。死人に向かって百叩きをしていると同じです。弱っている人に追い打ちをしてはいけませんよ」

「……憶えておきます」

今日は、夏絵もふたりの話を聞いていた。近頃は、若旦那の顔が見えないからつまらない、と訪問する回数が減っていたのだが、

「とんま顔を仰ぎに来ましたよ」

たまに見ないとその顔が恋しくなる、と笑いながら、

「婿殿の頭は、普通ではないとは感じていたけどねぇ」

けたけたと笑い転げる。

むっとしながらも、冬馬は小春の言葉には逆らえない。

追い打ちか、とつぶやきながら、昌平と別れてから、女中たちに話を聞いてきた、と続けた。

女中たちは、姉妹についてはあまり多くは語らなかった。

上のふたりに対しては、いいたいことがありそうだが、よけいな話をして仕事を失ったら困るとでも考えているのだろう。あたりさわりのない言葉しか返ってこない。

それでも、年上ふたりの姉妹に、いじめられながらも、健気なお昌には見る目の優しい女中が多かった。

上ふたりが困っていても助けはしないけど、お昌お嬢さまなら助ける、という声があがっていたのである。

もっとも、それは家庭内の問題であり、その確執がお昌失踪の原因とは考えにくい。

冬馬はいう。

「今川屋について聞いてみると、女中頭のなんとかいう女が教えてくれました」

下谷の坂本町に住んでいるとのことだ、と冬馬がいうと、夏絵が坂本町の今川屋なら知っていると答えた。

「本当ですか」

「嘘なんかいわないよ。でも、あの男が悪事にかかわっているとは、とうてい考えられないね」

今川という職人は、六十歳に近い。足も悪いしほとんど外に出歩くことはしない。身のまわりは、ひとり娘のお陽《よう》が面倒を見ている。娘は近所でも評判の働き者だという。

そんなふたりだから、悪事に加担する馬鹿な真似はしない、というのだ。

「確かめてみないとわかりませんよ。人にはかならず裏がありますから」

夏絵は不機嫌な表情を見せたが、一緒に行ってやろうか、と誘う。冬馬は、町方の仕事だからひとりでいい、と答えた。

小春の表情は曇ったままだ。

「小春さん。なにか疑問でもありますか」

「誰も見ていないというのがねぇ……荷車なら、所有者をはっきりさせるために、旗指《はたさ》し物《もの》があると思いますが」

荷車が止まっていたのは路地であり袋小路だ。そのために、見咎める人はいなかったのかもしれない、と冬馬はいう。それに、悪事を働くときだけ、旗指し物はおろされていた可能性もある。

そうですね、と小春もその言葉には同調するが、それでも、誰かなにか異変を見ているのではないか、と続けた。

冬馬はうなずき、もう一度確かめてみましょう、と立ちあがった。

「私も一緒に行きましょう。まずは坂本町へ行って、それから湯島にまわりましょう」

小春の申し出を、冬馬は顔をほころばせて、

「これは道行きといっていいのでしょうか」

「ちょっと違いますね。道行きはもっと楽しいかと思います」

「探索の一環としても私は楽しいです。小春さんと一緒なら、天竺《てんじく》でも地獄でも、どこでも楽しい」

「天竺はわかりますが、地獄は嫌ですよ、私は」

「では、これから極楽に行きましょう」

冬馬がいう極楽の意味に気がついた小春は、さっと立ちあがって、

「さぁ、極楽ではなくて、坂本町へ行きますよ」

ばれたか、という顔つきで冬馬も腰をあげた。

夏絵が、馬鹿、とつぶやいている。

外に出ると、空は曇っている。冬の雲は鈍色だ。

天を一度仰いでから冬馬は、進んでいく。

小春はちょっと忘れ物をといって、一度帰るとすぐ戻ってきて、行きましょうか、と冬馬の背中を叩いた。

五

今川屋は、夏絵のいうとおり、見るからに職人ひと筋の男に見えた。足が悪いだけではなく、近頃では目も見えなくなりはじめているため、そろそろ引退しようという雰囲気である。

人形について尋ねても、問屋に納めているだけだ、と答える。

問屋について尋ねると、おもに卸しているのは、池之端仲町にある大黒屋《だいこくや》さんだと、娘のお陽が答えた。

湯島のあとに行く場所が増えた、と冬馬は苦笑する。

湯島天神下でふたりを待っていたのは、昌平だった。

待ちあわせをしていたわけではない。昌平もお昌の手がかりを探そうと、湯島に来ていたのだ。

しかし、青ざめた顔で、危険から逃げているようであった。冬馬の姿を見つけた昌平は、地獄に仏というような顔つきで、

「襲われました」

「……誰に」

「わかりません」

「くわしく教えてもらわねば、なにがなんだかわかりませんよ」

昌平は早口で、語りだした。

冬馬の目が昌平に向けられているとき、そっと小春がふたりから離れていく。昌平に気を取られている冬馬は、気がつかない。

昌平も気にせず語りだす。

それによると、路地で見落としたことはないか、荷車があった周辺をもう一度、調べようとしたという。

と、そのとき、通りのほうから数人の目つきの悪い連中が現れた。

――気持ちが悪い連中だ……。

数えると、三人いた。

みな身体が大きく、腕力も強そうだ。思わず路地から離れようとしたそのとき、三人が昌平に向けて駆けだした。

やつらの目つきを見ると、殺されかねないほどである。

あわてて、昌平は逃げだした。

その瞬間に、冬馬の姿が見えたというのである。

冬馬が昌平の後ろを見ると、身体の大きなやつらが、こちらをうかがっている。

先頭の男が、にやりとしたようであった。

「なんだ、あの不敵なやつは」

不愉快そうに冬馬はつぶやくと、小春の姿が消えていると気がついた。

あわてて周囲を見まわすと、なんと小春は、やつらの後ろから手を振っているではないか。

驚いた声を出したのは、冬馬よりも昌平のほうだった。

「あれは、奥方さまですよね。なにをするおつもりでしょう」

「さぁねぇ。まぁ、心配はいりません」

小春さんは、逃げ足が早いのです、と笑った。

それでも、昌平は笑っている場合ではない、と声を震わせる。やつらが追って
いるのは、自分だからだろう。

「それにしても、どうして私が襲われるのです」

「なにかを見たと思われたかもしれませんね」

こんなときまで、言葉遣いがていねいな冬馬に、昌平はどんな対応したらいい
のかわからぬといった顔で、

「私はなにも見ていませんが……」

「動く菰被りを見たでしょう。それが命とりになったのです」

「そんな……」

「やはり、菰の下には、お昌さんが押しこめられていたようです」

のんびりとした会話をしている場合ではない。

昌平は冬馬にすがりつき、

「助けてください。あ、私もそうですが、奥方さまを」

「心配はいりませんよ」

昌平を安心させるような笑顔を見せると、冬馬は、のんびりと三人に向かって歩みはじめた。途中で小春と入れ替わる。

しかし、冬馬の目は小春には向かず、三人から離れない。

「なんだ、てめぇは」

「この十手が目に入らぬか、などとそんな野暮《やぼ》なことはいいません」

「なんだと」

「目に入るわけがありませんからね」

「……ふざけやがって」

「あそこにいる男が、みなさんに襲われたと訴えてます」

「そんなことはしていねぇ」

「ほう、そうですか」

そのとき、冬馬が怪訝《けげん》な目をする。

「おう、その顔は憶えがあります。今川に来ていた人足《にんそく》たちですね」

「……今川とはなんだ。そんなところには行ってねぇよ。夢でも見たのかい」

「おや、そうでしたか」

大黒屋に出入りしている人足かもしれない、とかまをかけたのだ。どの男も肩の肉が盛りあがっている。そこから、駕籠かきか人足なのではないか、と感じたからだった。

先頭の男は、帰るぞ、とつぶやいた。冬馬は、まぁ待て待て、と声をかける。

「うるさいな。なんの用だ。町方の世話になるような真似はしてねぇぜ」

「そうであるかな」

声は冬馬ではなかった。どこから聞こえたのか、と昌平はきょろきょろしていると、

「私は巌流である」

真っ白な装束で、若旦那が現れた。

いままでどこにいたのか、どうしてここにいるのか、冬馬も昌平も不思議な顔を見せると、

「ふふふ、私がこの場にいるのを不思議に思っておるらしい」

「私たちがいると思ったのですか」

「なに、現場百回というではないか。おぬしたちと会ったのは、たまたまよ」

「そうですか」

「まぁいい。とにかくお昌が消えたのは、ここではないかと考えた。荷車が揺れていたという話も気になっていたのだ」

「揺れていたのは、菰ですが、まぁいいでしょう」

さて、と巌流は三人に目を飛ばす。

「お昌さんをかどわかしたのは、おまえたちだな」

先頭の男が、わははは、と大口を開いて、

「なんのことやら、さっぱりわからん」

「ほう、自分がなにをしているのかもわからないとは、不思議な頭だ」

「いきなり出てきて、なんだい、人を馬鹿にしやがって」

「馬鹿にはしておらぬ。悪人だと指摘しているのだ」

「ふん、おれたちを知りもせぬのに、悪人と決めつけるとは強引な。なにを根拠にそんなことをいう」

「おまえたちの身体である。それだけの力こぶができるのは、重いものを運ぶ人足だからであろう。かどわかした女を荷車に乗せて、隠しながら運ぶには、十分な身体つき、というわけである」

「話が飛躍しているぜ。力持ちとかどわかしと、どういう関係がある」

「それは、これから調べる」

舌打ちをした男は、帰るぞ、ともう一度仲間に声をかけた。巌流は先まわりをして、両手を広げる。

「待った、待った。まだ話は終わっておらぬ」

「こっちに用はない」

肩が盛りあがった男たちは、いっせいに駆けだした。

立ちふさがっている巌流の身体を突き飛ばして、

「馬鹿め」

ひとこと言い放って、すっ飛んで逃げていった。

やつらは、あっという間に坂下町から通りに出てしまった。冬馬が追うと後ろ姿はすでに、同朋町から黒門町に差しかかるところだった。

「逃げ足の早い連中だ」

やつらのねぐらを調べたいと考え、池之端仲町にある大黒屋に行き、肩の肉が盛りあがっている人足を知らぬか、と尋ねたが、出入りしている人足たちはそんな輩ばかりだから区別はつかない、と笑われただけであった。

六

ここは、どこだろう……。

目をさましたお昌は、周囲を見まわした。

せまい部屋だった。

三畳程度の広さしかない。家具もなく、ただ部屋の隅に潰れたような布団が重なっているだけである。

自分の身になにが起きたのか、あまりよく憶えていない、ただ怖かったことだけは、憶えていた。

そう、怖かった……。

だけど、なにが怖かったのだろう。

暗かったからだ。

いや、それだけではない。なにかせまい場所に閉じこめられていた。外はまったく見えなくなっていた。

身体をなにかで包まれていた。

とげのような、針のようなトンガリの先が身体を突いていた。

痛い、というよりは、気持ちが悪かった……。

あれは、なんだったのだろう。

憶えていない。

それより……。

「私は、誰……」

自分の名前すら思いだせなかった。

いつから、ここにいるのだろう。子どものころから、この部屋で暮らしていたのだろうか。

──ここは、私の家なのかしら。

毛羽立《けばだ》っている畳を引っこ抜いてみた。この畳をとげと感じていたのかもしれない、と思ったからだった。

しかし、違ったらしい。

あのとげは、なんだったのだろう。

それよりなにより、私は誰なのか。

男の声が聞こえてくる。その声にも憶えはなかった。

私は、男の人と一緒に暮らしていたのだろうか、それも憶えがない。もしそうだとしたら、あの声は旦那さま……。

しかし、祝言をあげた憶えはなかった。

そこまでの年齢だとは思えなかった。

廊下の足音が近づいてきた。

さっきの声の主かもしれない。

もし、夫だったらどうしよう。どう応対をしたらいいのだろうか。

私は誰ですか……。

そう尋ねたら教えてくれるだろうか。

冗談はやめろ、と怒られてしまうかもしれない。

足音はどんどん大きくなった。

障子が開き、男が入ってきた。身体の大きな男だった。肩が盛りあがっている。

この人が私の夫なの……。

以前の自分は趣味が悪かったのか、と笑いそうになった。

「おい」

「……はい」

とりあえず、返事をする。黙っていたら、なにをされるかわからない雰囲気だったからだ。

「なんだ、その顔は」

「私はどうしてここにいるのですか」

「なんだと……」

「なにも憶えていないのです」

「馬鹿なこというんじゃねぇよ」

「本当です。私はどこの誰なんです。どうして、こんなせまいところに押しこめられているのです」

男は、怒るというよりも、本当になにも憶えていないのか、といいたそうな雰囲気である。少しは、お昌の言葉を気にしているのかもしれない。

「私はこれからどうなるんです」

「どうにもならねぇよ」

親がちゃんとしていたらな、と付け加えた。

「どういう意味です」

「身代金だ。ちゃんと払ってくれたら、それで終わりだ」

「最初からそのつもりだったのですか」

そうじゃねぇ、はずみだ、と男は答えた。

「いっておくが、おめぇが悪いんだぞ」

疑惑の目を向けると、男はいった。

「本当に忘れてしまったのか」

薄笑いを見せてから、男は話しだした。

男は、荷車で荷物を運んでいる途中だったという。湯島の坂下で一服していると、お昌が駆けこんできた。

「そのときおめぇがおれたちを見て、きゃっと叫んだんだ」

「それがどうしてこんなことにつながるんです」

「元《げん》のやつが、あぁ、元次《げんじ》という仲間がいるんだが、そいつが、なんだあの女は、とおめぇに突っかかった」

「そうなんですか。そのとき私はどんな態度をとったのです」

「それが生意気だったんだよ」

元次が詰め寄ると、お昌は、どいてください、と答えたという。その態度にかちんときた元次は、お昌を見つめる。

「おやぁ、おめぇ、男坂で床店をやってる野郎と、よく一緒にいる女だな」

「それがどうしたのです。邪魔です、私は急いでいるのです」

その態度に、元次は腹が立ったという。

「おめぇに当身をくらわした。そのまま、荷車に積んでいた菰のなかに押しこんだ。

「そんな無体《むたい》な」

「だからな、おめぇがおれたちを見て叫ばなければ、こんなことにはならなかったってことよ」

「ただ、驚いただけではありませんか」

「そうかもしれねぇが、その驚き方が、半端じゃなかったからだぜ」

「なにか理由があったのではありませんか」

「ふん、おれたちはただ弁当を食っていただけだ。それが悪いのかい」

「犬でも食べていたんでしょう」

「ほらほら、その態度がいけねぇ。こうなったついでだからな、身代金をもらおうと思ったわけよ、それでおめぇの父親の名を聞きにきたんだ。ついでに、助けてくれとでも書いてもらおうとな」

「嫌です。どんな父親がいるのかわかりませんから。知らぬ人に手紙など書けません」

「……まぁいい。おめぇのその態度を見ていると、書きそうにねぇからな」

「当然です」

「こっちでやるさ。おめぇの父親が誰かくれぇ、すぐ調べがつく」

「なぜです」

「守り袋があった。それに生まれた町名と、名前が書いてあった」

「……私の名前を教えてください」

「茶番《ちゃばん》に付き合う気はねぇ。でもまぁ、名前だけは教えてやろう。おめぇは、お昌ってんだ。湯島の男坂で、よく男と一緒にいたろう。そいつがうろついていたから、焼きを入れてやろうとしたんだがな。安心しろ、なにも危害は与えていねぇよ」

男坂……。

床店の男……。

誰なのです、それは……。

七

男は、呆れながら部屋を出ていった。

なんだか疲れた、といってお昌は横になった。気丈《きじょう》にはしていたが、少し無理をしていたのだ。

毛羽立った畳のささくれが、首に触れて痛い。

私は、お昌……。

その名に憶えはなかった。もちろん、父親はどこの誰で、どんな名前なのかも知らない。

いや、知らないのではなく、憶えていない。

身代金を払ってくれるほどの家なのかどうかも、わからない。

と――。

障子が音も立たずに開いた。

また男が来たのかと思い、無視を決めた。

「お昌さん」

さっきの男の声ではなかった。女である。

「誰ですか」

驚いて、お昌は起きあがった。

見るからに盗人と思える装束姿が、ひざまずいていた。顔は黒い手ぬぐいで隠しているから、わからない。

「……あなたは、誰です」

「驚かせてごめんなさい」

女盗人は謝った。危害を加えるつもりはなさそうだ、とお昌は安堵する。

「もうすぐ助けが来ますから、ご安心を」

「あなたは……」

「ご心配なく、ここに監禁されているかどうか、それを確かめにきただけですから」

「どうして、私を知っているのです」

「昌平さんが、あなたを探していますよ」

「昌平さん……」

誰なのだ、その人は……。

「すぐ町方が来ますからね。その前に悪人たちが来たら、これを投げつけてください」

女盗人は、小さな玉になった袋を、三個手渡した。

「これは……」

「目潰しです。投げつけると破裂します」

お昌が驚いていると、

「中味は、小麦粉です。身体に悪いものではありません」

「わかりました。私をさらったやつに投げつけてやります」

「それはいいですね」

では、といって女盗人は立ちあがる。

「あの、教えてください、ここはどこですか」

「花川戸にある、やつらの隠れ家です」

「あの、お名前を」

「ねずみ、とだけいっておきましょう」

目だけしか見えてはいないが、微笑んでると感じた。こちらを安心させる、不思議なたたずまいである。

「ありがとう……」

「あなたは、気丈なかたですね。昌平さんが待ってますよ」

ねずみと名乗った女盗人は、音もなく消えた。

四半刻もすると、騒がしくなった。

御用改《ごようあらため》である、という叫びが聞こえてきたのである。

同時に、どたどたという音がして、障子が開いた。さっきとは違う男が入ってきて、

「逃げるんだ」

「嫌です」

「おめぇがここにいたら困るんだよ。おえぇがいなければ、おれたちは捕まらねぇ」

「あなたが元次さんですね」

「どうしておれの名を知っている」

お昌は、元次から身体を離して叫んだ、

「お役人さま、こちらです、助けてください」

この野郎、と怒りながら元次は、お昌につかみかかろうとする。

「これをくらえ」

ねずみからもらった袋玉を、元次の目に向けて投げつけた。白い粉が飛びちった。元治は、目を押さえている。

「く、くそ、どこからこんなものを」

目を押さえているところに、役人らしき人が飛びこんできた。

「お昌か」

その人は、全身真っ白であった。

「いまから助けるから安心するがよい」

背中から長刀を抜くと、さらに声を張りあげた。

「私は巌流。二刀流は邪道です」

「……意味がわかりませんが」

思わずお昌は答えていた。

元治は目を押さえながらも、匕首を取りだし、左右に振りまわしている。

真っ白な侍は、長刀を上段に構えたまま、動けずにいる。元治のめちゃくちゃぶりに困っているらしい。

「お昌さんは、ここか」

新たな役人が入ってきた。十手を振りかざしているから、本物の役人なのだろう、

「私が、お昌です」

違和感はあるが、思わず答える。

「神妙にしろ、おとなしく縛につくんだ」

役人は十手を突きだして、元治の懐に飛びこんだ。やたらと振りまわしている匕首の隙を狙った、あざやかな術だった。

十手の先端が、元治の鳩尾《みぞおち》を突いた。

呻《うめ》きながら、元治はその場にくずれ落ちる。

「巌流さん、終わりましたよ。その構えはもういりません」

花川戸にある人足たちの隠れ家を出たあと、お昌に袋玉を渡した小春は、冬馬たちが押しこむ姿を遠目で見ていた。

騒然とした音が聞こえていたが、しばらくすると静かになり、冬馬が男たちを縛りつけ、数珠つなぎに連れてきた。

巌流は、お昌のとなりを進み、にこにこ顔である。

「よかった……」

思わず、つぶやいた。

湯島で逃げられた三人の人足を尾行し、ここを突き止めてくれたのは、母の夏絵である。組屋敷から冬馬と一緒に出る際、一度、忘れ物といって戻ったのは、夏絵に頼むためであった。

いつねずみ小僧に変身する状況になるか、わからない、そんなときに、母が身代わりになってくれたら、自分の正体はばれずに済む。

近頃は、こうして、いわば分身の術を使いながら、事件に対処する場面が増えている。

冬馬は鼠小僧はふたりいる、と気がつきはじめているらしいが、まさか、小春と夏絵の二人三脚だとは気がつかないだろう。

小春は、助けだされたお昌を確認してから、その場を離れていった。

八

助かったお昌に会った昌平は、大喜びであった。

昌平の存在はばれたが、昌平が動いてくれたから、お昌は戻ることができたと、父親も姉妹もふたりの間を認めてくれたらしい。

心底喜びながら、昌平はお昌を訪ねたが、

「私を憶えていないのです」

昌平の顔を見た瞬間、あなたは誰ですか、と問われたのである。

驚き、困惑した昌平は、すぐ冬馬を訪ね、相談をする。

巌流は、まだ監禁されてたときの傷が残っているからだろう、すぐに以前のお昌さんに戻るから心配はいらぬぞ、と慰《なぐさ》めた。

冬馬と小春も、それほど心配はしていなかったのだが、姉妹から冬馬に連絡があったのは、救出した三日後であった。

お昌や、人形についての聞き込みとして訪ねたときには、態度の悪い姉妹であったが、さすがに妹が監禁されていたと知り、驚いたらしい。

「心配して部屋に行っても、ご飯も食べずにいるんです」

姉のお斉がいうと、

「それに、もっとおかしいのは、私たちに対して知らぬ人に会っているような顔をするんですよ」

いじめを恨んでいるのだろうか、と考えたけど、よくよく聞いてみると、お昌は自分についてすべて忘れてしまった、と答えたというのである。

「最初は、嫌味をいわれているのかと腹が立ちましたけどねぇ」

お福がいうと、

「どうやら、本当のようなのです」

お斉が肩を落とした。

姉らしきふたりが優しくしてくれるのはありがたいが、知らぬ家で世話になるのは心苦しい、と訴えたのだ。

襲われたときの恐ろしさで、心がおかしくなったのかもしれない、と姉妹は沈んだ顔を見せる。

「こんなことなら、もっと優しくしていたらよかったわ」

お福がため息をついた。

あわてて巌流と冬馬が訪ねると、お昌は、この家にはいられない、と告げたのである。

さらに、それから三日過ぎた。

冬馬家では、小春、夏絵の三人が額をあわせて、お昌について話しあっていた。

そこに巌流が来て、四人がそろったところに、意気消沈した昌平も訪ねてきた。

「どうしたらいいのでしょうか」

昌平の顔から、お昌を助けたときの元気な表情が消えている。

冬馬にいわれたとおり、思い出の場所に行ってみたという。

小春もそれなら思いだしますよと、太鼓判《たいこばん》を押していたのだが、

「全然といっていいほど、効果がありません」

そうか、困ったな、といいながらも、冬馬は小春さんならどこに行けばいいか、と問うた。

小春は、どこにも行かなくてもいいと答える。

「はて」

「抱きしめてくれたら思いだします」

「なるほど」

冬馬は、では、と抱きつこうとする。

「いまは、忘れたわけではありません」

だめです、場をわきまえてください、と冬馬の手をおさえる。

「しかし、いつどうなるかわかりませんから、念のため」

がぁ、やめろ。

声を発したのは巌流である。

「私は、お通さんと長い間、別れたままなのだ」

冬馬と小春は同時に、誰です、そのかたは、と首を傾げる。

「武蔵とお通さんの関係なら読本などで読んだことがありますけどね。まさか三角関係とは知らなかった」

それはないでしょう、と答える小春と一緒に笑い転げる。

巌流は不機嫌な目を送るだけである。

昌平が、失礼いたします、と立ちあがった。

しまったと、冬馬と小春は目を合わせた。

「ご心配なく。お昌さんは強いお人です、かならず思いだします。私が記憶を取り戻させます」

「そうですね。昌平さんなら、おできになります」

「そうだ。おまえたちは、ふたりでひとつだ」

しずかに頭をさげて、昌平は帰っていった。

巌流も帰る、といって立ちあがり、冬馬、小春、夏絵の三人が残った。

「せっかく助けたというのにねぇ」

夏絵は、さも悲しそうな目をする。少しではあるが、自分も援助したという思いがあるのだ。

「なにか策はないのかい」

冬馬に目を向けるが、ふうむと腕を組んで、困りました、と返答するだけである。

「これはもう、私たちの手には負えませんね」

残念だけど、しかたがないと小春も肩を落とす。

「そうだねぇ、こうなったら、あの竹とんぼ屋に託すしかないね」

冬馬もうなずくしかなかった。

「こんなときに、あの若旦那はどうしたんだい。それこそ金を使って、いい医者にでも連れていってくれたらいいのに」

「巌流さんもお手あげ状態でしょう」

「役に立たない病だこと」

夏絵の言葉に、冬馬も小春も苦笑するしかない。

八丁堀を出た昌平は、両国に向かった。

お昌が寝泊まりしているのは、両国元町にある旅籠である。

巌流が手配してくれたのだ。

お返しができないと曇った顔を見せると、巌流は気にするなと背中を見せたのであった。

昌平が両国に向かっているころ、お昌は真剣な表情で思案していた。

自分に異変が起きていることは、お昌も重々わかっている。

昌平が思いださせようと、いろいろ計画してくれる。

それは、ありがたい。

しかし、昌平に対しては、初めて会ったときに聞いた問いが、すべてを表している。

「私たちはどこでお会いしたのですか」

その問いに、昌平はにこやかに答えてくれた。

「湯島です。私が扱っている竹とんぼを売っている床店ですよ」

「では、そこに連れていってください」

その場を見たらなにか思いだすかもしれない、とお昌は期待した日を思いだす。

「最近についていては憶えているのにねぇ」

つい、そんなふうに考えてしまう。

その日も湯島男坂は参拝客が多く、勤番侍ふうの集団や、家族連れ、ふたり連れなどで賑《にぎ》わっていた。

「ちょっと飛ばしてみましょう」

最初会ったときに、売り物をすべて飛ばし、階段を竹とんぼで埋め尽くしたんだよ、と昌平が語る。

しかし、お昌は、憶えていなかった。

「同じことをやってみましょう」

どんどん飛ばして、階段を竹とんぼが群舞する。

「まぁ……きれい……」

お昌の表情は、いままでよりも明るく変化している。これなら、効果がありそうだ、と昌平はお昌の手を取る。

「どうです、思いだしましたか」

「………」

お昌はそっと手を離して、

「すみません、きれいだとは思いますが……」

昌平から離れた。その横顔にはなにも憶えていない、と書いてあった。

それから、三日、五日、七日、と過ぎたが、記憶は戻らない。以前、一緒に歩いた大川橋周辺や、浅草の観音さま、不忍池にある弁天堂……などなど。思い出の場所をまわってみた。

しかし、どこに行ってもお昌の顔はすぐれない。

むしろ昌平がなんとか思いだしてもらおうと、あのとき食べた団子だ、とか、動物のような形をした雲を見つけて、あのときの雲に似ている、とか。あそこのおかみさんがおしゃべりで困った、とか……。

真剣な目つきで語るたびに、お昌の顔はどんどん沈んでいく。

あまり性急にしないほうがいいと、冬馬は諭していたが、昌平としては、早くもとのふたりに戻りたい一心だった。

今日も、いつものように昌平が来てくれた。

お昌は決めていた。

——もう、会うのをやめよう。

このままでは、昌平に迷惑がかかるだけだ。

自分としても、なんとか昔を取り戻したい。だけど、その兆候はまったくない。

いつまでも、昌平に迷惑をかけるわけにはいかない。

「……お昌さん」

「……昌平さん」

「今日は、どこに行ってみましょうか」

いつになく、昌平の声は沈んで聞こえた。

「どこでも……とりあえずは、外へ」

ふたりで部屋のなかにいると、気持ちがさらに鬱々《うつうつ》となってしまう。

外に出ると、お昌は旅籠の両国元町から、一つ目橋を渡り、弁天堂に向かって進んだ。

目の前は石切場である。殺風景なところに連れていかれた昌平は、怪訝な目でお昌を見つめる。

「こんなところまで来ていただいてすみません」

ていねいにお昌は頭をさげた。

「そんな他人行儀なことはしなくても……」

「いまの私には、昌平さんは他人ですから」

「…………」

「やめましょう」

「え……」

「もう、やめてください。どこへ行っても、どんなところへ行っても、なにひとつ憶えていません。これ以上は、無理です」

「それは、どういう意味です」

「もう、私のことは放っておいてほしいのです」

「しかし」

「孤のなかに押しこめられて、怖い思いをしました。それが原因で、以前の自分をすべて忘れてしまったのかもしれません」

「前にも話したとおり、私たちは……」

「いつも私のそばには、昌平さんがいたのでしょう」

「もちろんです」

「でも、いまの私は、そのときの私ではないのです。まったくの他人です」

「そんなことはないよ。私がきっと思いださせてあげます」

「それが、重いのです」

重い……と昌平は沈んだ顔を、お昌に向ける。その目は深い悲しみで包まれている。もとのお昌に戻ってほしいと続けてきた行動が、むしろ心を蝕《むしば》ませていたのか……。

「もう無理です、やめましょう、いえ、やめてください」

石切場から吹き渡る冷たい風が、昌平を包みこんだ。

「お昌さん……」

「忘れてください、私はもう死んだと思ってください」

それはできない、という言葉を飲みこんだ。その言葉を聞けば、さらにお昌は重さを感じるに違いない。だけど、勇気を出した。

「死んだとは思えねぇ……お願いがある。最後に、もう一度だけ、湯島へ一緒に行ってくれねぇかい」

「……無駄です。嫌です」

「最後、これが最後だ、おねげぇだ……」

「……嫌です、嫌です、嫌です」

叫びながら、お昌は弁天堂の境内から通りに走り出た。石切場からの吹風は、お昌の鬢《びん》を掻き乱した。

嫌だ、嫌だ、もう嫌だ……。

心で叫びながら、夢中で足を動かした。

気がついたら、湯島の男坂下にいた。

どこをどう走り抜けてきたのか憶えておらず、お昌は愕然とする。息を整えてから、男坂の階段を踏みしめてあがった。

あんなふうには叫んでいたが、心のどこかでは、思いだしたいと願っている。それは間違いない。

だけどだめだった。頭を掻きむしりたいほどの焦りがあった。

目の前に、きれいにたたまれた昌平の床店があった。柱は建てられていないため、平地に筵が並んでいるだけだ。

端に木箱があった。そのなかには、売り物の竹とんぼが納められている。

「これが、最後……」

思いきって木箱を開き、竹とんぼを両手いっぱいに抱えこんだ。残った分は、たもとを開いてその上に乗せた。

胸いっぱいの竹とんぼを抱えて、お昌は下をのぞきこんだ。人がいなくなるまで待っていると、すぅっと階段から人が消えた。

――いまだ……。

お昌は、持っていた竹とんぼを一本ずつ、くるくるまわして空中に放った。

階段が竹とんぼで埋め尽くされていく。

群舞する様は美しかった。

風に揺れながら、左右に動きまわりながら落ちていく様は、どこかで見た光景だと思った。

だけど、それはつい最近、昌平が見せてくれた景色で、思い出とはほど遠かった。

「……だめだわ」

なにも思いだせないのである。

憶えているのは、先日、なんとか思いだしてもらおうと、必死の顔で昌平が竹とんぼを飛ばす姿だけである。それ以外、それ以前の景色はひとつもよみがえってこない。

ため息をつきながら、もう一本、もう一本、これが最後、といいながら飛ばしてみたが、変化はなかった。竹とんぼがきれいに飛んでいく姿とは裏腹に、お昌の気分は悪くなる一方である。

「もう、やめた……」

途中から投げやりになっていた。

数本は飛んでいったが、一本が足元に落ちた。作りが悪かったのだろうか、拾おうとして、

「………」

胸騒ぎがした。

もう一度、飛ばしてみた。だけどその一本だけが飛ばずに落ちた。それが鼻緒に当たり、

「痛い……」

その痛みが、なにかを語っていた。もう一度、飛ばした。

また落ちて、今度は足の指先に当たった。

「痛い……」

鼻緒、足先……。

はぐれものの私と、飛ばない竹とんぼ……。

「昌平さん……」

坂の下からあがってきたのは、昌平だった。追いかけてきたわけではないだろう。

昌平は坂上にいるお昌に気がついたのか、足を止めた。散らばっている竹とんぼを見つめている。

お昌は動けない。手招きもできない。呼び声も出せない。

だけど、心で叫んでいた。

──来て、来て……あがってきて昌平さん。

湯島天神、観音さま、お団子、おしゃべりなおかみさん……。

飛ばない竹とんぼが、指先に落ちたときの痛み。

それが時を巻き返した。

ぐるぐると、お昌の頭のなかはまわっていた。すべて以前の光景だった。

拾った売り物を手にしながら、昌平がお昌の前まで近づいた。

「……しょう、へい、さん」

お昌の唇は震えていた。だけど、目は笑っていた。思い出の笑みだった。

「お昌さん」

「昌平さん」

今度は、はっきり呼ぶことができた。

「……思いだしたんだね」

「またお団子を食べて、あのおしゃべりなおかみさんのところに行きましょう」

「………」

驚愕と感動で固まっている昌平の胸に、お昌は飛びこんだ。

第三話　髪切り魔

一

月がきれいだ……。

ふと、冬馬がつぶやいた。

夕方から雨が降った。だが、いまはすっかり晴れた十六夜《いざよい》。

雲はまだ残っているが、長屋から長床几《ながしょうぎ》を出して、貧乏徳利《びんぼうどっくり》から酒を注いで飲みはじめる男たちの姿が見えている。

十六夜を楽しもうというのだろうか。

冬馬がぼそっといった。

「いいえ、十六夜を楽しもうなんて輩たちではありませんよ」

となりを歩く女が笑った。背筋が伸びて懐剣が見えているから、武家の出のように感じられるが、島田《しまだ》に結った髪は町娘だろう。

「ほう、ではどんな連中なのです」

「ただの酒飲みたちです」

「なるほど」

苦笑する冬馬に、女は笑みを返す。

「それに十六夜待ちを楽しむのは、秋と決まっていますからねぇ」

「ふむ、いわれてみると、たしかにそのとおりですね」

はい、と女はまた笑みを浮かべた。

「それと、旦那」

「ふむ」

「女と一緒にいて、月がきれいだという台詞の意味をご存じですか」

「知りません」

「あなたがきれいだ、という意味なんですよ」

「おう、そうでしたか」

「嬉しいですねぇ」

「はて」

「旦那、私にいってくれたんでしょう」

「ううむ」

「なんです、その顔は」

「いや、あなたはきれいだ」

「……嫌な旦那ですねぇ」

「私は、嫌なやつですか」

「そうですねぇ、嫌なやつといいますか、変なやつ……」

「たまに同じことをいわれます」

「そうでしょうねぇ」

「そういえば、名前を聞いておりません」

「……ふふ、ようやく気がつきましたね」

日本橋、本船町の愛宕屋《あたごや》から相談を受けた帰りである。

江戸橋を渡り、八丁掘へと向かう海盗橋を渡ろうとしたときに、女から声をかけられたのだった。

「伊勢町、沢木屋《さわきや》小兵衛《こへえ》の娘、お艶《つや》といいます。お見知りおきを」

「そのお艶さんが、どうして私にくっついてきたのですか」

「はい、旦那の顔が好みでしてねぇ」

「冗談は嫌いです」

「あら、本気ですとも」

「この橋を渡りきるまでに、真の話をしてもらいましょう」

「まぁ、怖い」

「私は怖くはありません。ちょっと口が悪いだけです、たぶん」

「まぁ、そうなんですか」

「よく、小春さんに注意をされるのです」

「……誰です、その小春さんとは」

「私にとって、この世にひとりしかいない人です」

「……よくいいますね」

「そうですか」

「そうですよ」

お艶は、ため息を流しながら同時に笑い転げる。冬馬は足を止めると、

「器用なことをしますね。そんな話はどうでもいいんです。早く真の話をしてもらいましょう」

別段、怒っているふうもない。ただ、のっぺりとした顔でいわれて、お艶はまた苦笑いをする。

「わかりました。旦那は、愛宕屋さんからの帰りですね」

「神妙にいたせ」

「な、なんです、いきなり。驚くではありませんか」

「私を尾行してきたのであろう。なにか悪事をはかっているに違いない。だから、神妙にいたせと申した」

「その顔は、たいして神妙にさせようとしてませんよ」

「……愛宕屋とは、どんなかかわりがあるのです」

「旦那は、怒っているのか、それとも戯言《ざれごと》をいって私を煙に巻こうとしているのか、判断に困りますね」

「怒りは敵です。父の口癖です」

「へぇ。そうなんですか。ふふ、また旦那の言葉に巻きこまれるところでした」

お艶は、ふぅと息を吐くと、冬馬に一歩近づいた。思わず、ずりさがる冬馬に向けてささやいた。

「助けてください」

「……はて」

「私……死んだのです」

「……さては、幽霊でしたか」

「旦那、違います。心が死んだんですよ」

「それは大変」

「なぜかお聞きにならないのですか」

お艶は、手を髪にあてた。その仕草を見て冬馬は得心顔をする。

「ははぁ、それで愛宕屋に通じるのですね」

「わかっていただけたらしいですね」

「腑《ふ》に落ちました」

冬馬は、愛宕屋で受けた相談を思いだしていた。

本船町、愛宕屋から相談があるので訪ねてほしいと頼まれたのは、昨日、暮六つになろうとしていたときだった。

店からの使いが来たのである。

「理由は、お越しになられたときにお話しいたします、と主人、左兵衛《さへえ》からの伝言でございます」

頭をさげたのは、手代《てだい》の六次《ろくじ》という二十歳くらいの奉公人だった。できれば相談内容は、内密に願いたいという。

「まだ相談の中味は、聞いていませんよ」

「申しわけありません。先にそのようにお伝えしておけ、と主人の言葉です」

口頭ではいえないため、店に来てくれたときに話をする、という。冬馬としては、大店の相談などろくな内容ではない、といいたいのだった。

たいていは、店の誰かが金を持ち逃げしたとか、娘が悪い男に引っかかって泣いているから、なんとかしてくれとか。

「そんな話なら断ります」

「いまは申しあげられませんが、違います」

六次は、妙な顔で答える。その表情を見て、冬馬は明日、酉の刻にお訪ねします、と答えたのであった。

果たして、左兵衛の言葉は驚く内容であった。

「お里《さと》さんといいましたか、娘さんは」

「はい」

「髪の毛を切られたというんですね」

「はい、髪の毛は女の命といって、お里はまさに死んだも同然になっています。私は心配でしかたがありません」

「なるほど」

「お役人さま、なんとかなるでしょうか」

「なにがです」

「お里の意趣返しをしていただきたいのです」

「ようするに、その下手人を捕まえろということですね」

「八つ裂きにしていただきたいのです」

「それは無理ですが、まぁ、捕まえるまではなんとか尽力してみましょう」

「とにかく、捕まえて八つ裂きにしてください」

左兵衛は、何度も八つ裂きを繰り返した。それほど、お里の様子は普通ではないといいたいらしい。

「八つ裂きは忘れていただきたい」

「八つ裂きが無理なら、磔獄門を」

「もっと無理ですねぇ」

その程度で磔獄門の咎《とが》にはならない。とはいえ、左兵衛の真剣な顔つきと、お里の気持ちを汲んで、

「手の一本くらいは叩き潰してあげましょう」

「ついでに、足の一本も」

「強欲はいけません。母の遺言です」

「……わかりました」

二

「旦那、旦那」

「あぁ、お艶さん。まだいたのですか」

「いたのかではありませんよ。なにをぼおっとしていたのです」

「ぼおっとしていましたか」

「していましたよ」

冬馬は、左兵衛から受けた相談内容を、お艶に話した。お艶はため息をつきながら、私と同じです、と答えた。

「お里さんとはお会いになられたのですか」

「会いました。頭巾を被《かぶ》って泣きはらした顔が……いや、おもしろいのではなく、みじめ、いや、なんといえばいいのでしょう、こんなときは」

「可哀相ですよ」

「では、その可哀相でした」

「旦那は、本当にどこまで本気なのかわかりませんね」

「つねに本気であれ、といい聞かせています」

「ご両親の遺言ですか」

「いえ、私の口癖です。そういえば」

「なんです」

「お艶さんも襲われ、切られたのでしょう。でも……」

「あぁ、これはかつらですから」

「ははぁ、かつらですか」

　お里が暴漢に襲われたのは、三日前という話である。本船町から大川へ向かったところにある、玄冶店《げんじだな》に住む戸村手記《とむらしゅき》という手習いの師匠からの帰りだったという。

帰り道が一緒だった友人と別れたのが、江戸橋の前。友人はそのまま、まっすぐ日本橋方面に向かっていった。

お里は、江戸橋前から本船町に入ろうとした。そのとき、後ろからいきなり羽交い締めにされた、というのである。

「私も、同じように後ろから羽交い締めにされました」

思いだしたくないのだろう、お艶は顔をしかめながら、

「なにが起きたのか、そのときは気がつかなかったほどです」

「つまり、それだけすばやく切られた、というんですね。どこで襲われたのですか」

「八丁掘方面から、鎧の渡しをおりた小網町《こあみちょう》です」

「なんと、私たちのお膝元《ひざもと》ではありませんか」

「あっという間のできごとでした……」

「ふたりを襲った男、いや、女かもしれませんが、かなりの腕前といえるようですねぇ」

「女の髪を切るなんて、どんな腕前なのかわかりませんけどね」

「髪結いなら、そのくらいは簡単ではありませんか」

冬馬の問いに、お艶はそうかもしれませんと答えた。

「では、髪結いから調べてみますか」

そういいながらも、成果は期待できないといいたそうだった。それでも、いまはそれしか術《すべ》がない。

「そういえば、お艶さんは、どうして愛宕屋へ行こうとしていたのです」

愛宕屋の娘が、習い事の帰りに襲われて、髪の毛を切られたという噂が出ていたのだという。お艶はその噂を頼りに、同じ境遇を受けたお里と話をしたい、と愛宕屋を訪ねる途中であったという。

愛宕屋の前に着くと、冬馬が出てきた。

——髪切りの相談を受けたに違いない……。

そう推測をして、あとをつけたというのである。

「店の前で旦那にお会いしたのは、神仏の助けと思いました」

「おおげさな。私は仏ではありません」

愛宕屋から相談を受けたのなら、自分の話も親身になって聞いてくれるだろう、と考えたという。

「ぬけさく同心でがっかりしたでしょう」

「してませんよ。旦那はぬけさくなんかではありません」

「ほう」

「私は、人を見る目があるのですよ」

商売柄です、とお艶は笑みを見せた。

「そういえば、伊勢町の沢木屋の娘さんでしたね」

「はい、うちは酒問屋ですから、酔っ払いはいっぱい見てます。旦那は酒を飲んでも飲まれません。そんな人です」

「そうですか」

「はい、私、酔っ払いについては、見誤ることはありません」

「でも、いま私は一滴も飲んでいません」

「飲みっぷりが想像できるんです」

「そんなものですか」

「はい、本職ですから」

ふうむ、と唸《うな》った冬馬にお艶は、寄り添おうとする。

「だめです、私には小春さんがいます」

あわてる冬馬を見て、大笑いをするお艶に冬馬はいった。

「お艶さん、全然、死んでいませんね」

「…………」

冬馬が組屋敷に戻ると、差配の千右衛門と若旦那がちょうど着いたところだった。

「おや、冬馬さま」

「……若旦那は」

「先にさっさと入っていきました」

苦笑いをしながら千右衛門は、冬馬と一緒に屋敷にあがる。

冬馬の顔を見ると、若旦那はいきなり問うてきた。

「あなたは神を信じますか」

首に蛇腹《じゃばら》を巻いて、南蛮人のようなへんてこな格好である。

差配の千右衛門は苦虫を嚙み潰しているが、冬馬と小春は慣れたせいか、驚きもしない。

どうやら、天草四郎《あまくさしろう》になりきっているらしい。

「神は死んだ」

冬馬が答えた。四郎は怒りもせずに、私のなかでは生きています、と笑みを浮かべた。

「今日は、髪やら神やら。かみに縁がある日ですねぇ」

冬馬がしみじみこぼすと、

「なんの話です」

若旦那の天草四郎は、歪《ゆが》んだ十字架のようなものを持っていた。それを胸前で掲げながら、

「私に教えてくれたら、どんな迷い事も即座に解決してあげます」

「いまどき、そんなものを振りまわしていたら、危険ですよ」

これは十字架ではありません、と四郎は手を冬馬の前に突きだした。

「……なんです、これは」

十字架なら縦と横が、文字どおり十字になるように作られているはずだ。しかし目の前にあるのは、縦棒はそのままだが、横棒がぐにゃりと曲がっている。十字というよりは、鈎十手《かぎじって》に近い。

「ほらね、十字架ではないでしょう」

だから、心配はないと若旦那はいいたいらしい。しかし、まるで格好は草双紙

などで見る天草四郎である。もっとも、そんな格好で町を歩くと、頭がいかれていると見られるのがオチであろう。

「私ひとりなら危険もあるかもしれませんが、冬馬さんと一緒なら怖くありません」

「私は、きりしたんではありませんよ」

「もちろん、私だって……」

「でも、神を信じますかといいましたよ」

「私の神は、おらしょとは無関係です」

すると、小春がにやにやしながら、

「では、どんな神さまですか」

「私の神は、八百万の神です。だからこの十字架、いや、鉤に神が宿《やど》るのです」

「本当ですか」

「神を信じなさい」

天草四郎なのか、誰なのか、と冬馬は聞きたいが、面倒なのでそれ以上は突っこまない。

「では、私はこれで」

千右衛門が立ちあがり、よろしくお願いいたします、と頭をさげながら、

「四郎さん、くれぐれもあぶない言葉は出さないようにお願いしますよ」

と、釘を差してから帰っていった。

すると、若旦那はまた、あなたは神を信じますか、とつぶやき、

「みなさんは誤解をしているようです。私は、天草四郎ではありませんからね」

「その格好でですか」

「もちろんです。私の名は、唐草《からくさ》四郎です」

「誰です、それは」

冬馬と小春は、呆れるよりむしろ、若旦那の悪知恵を褒めたたえたい気分であった。

三

冬馬の話を聞いた四郎は、ふむふむと胸前で手を合わせながら、

「それなら、たしかに髪結いが怪《あや》しい」

「やはりそう思いますか。小春さんはどうです」

「さぁ、私はよくわかりませんね。髪結いがどうのこうよりも、どうして女の髪の毛を集めようとしているのか、そっちに興味があります」

「なるほど、髪を集めている理由ねぇ……」

「それも一理あ～るのであるな」

わけのわからぬ言葉を使う若旦那、いや、唐草四郎に冬馬は問う。

「唐草さん、いやさ、四郎さん。どんな理由だと考えますか。あなたの神さまに聞いてください」

「聞いてみましょう」

四郎は手を合わせながら、ごにょごにょと意味不明の言葉をつぶやく。

「おんばさらきゅうきゅうにょりつりょう」

「……なんだか、いろんな真言《しんごん》が混じってますよ」

おんばさらは、仏教。きゅうきゅうにょりつりょうは陰陽道《おんみょうどう》である。たしかに唐草四郎さんは、キリシタンとは異なるらしい。

「御神託は出ましたか」

「まだ、神さまはおりてこないらしい」

「いつなら、おりてくるのです」

「それは、私にはわかりませんよ。すべては、神さまの言うとおりですから」

「気まぐれな神さまですねぇ」

本当は、役に立たないといいたいのだが、そこまではいえなかった。

と、小春が手を合わせながら、

「では、四郎さん。神さまではなく、四郎さんご自身ではどうお考えになりますか。教えてください」

「そうであるな。私が思うには……わからん」

小春がそっくりかえって笑い転げる。

「唐草さんは、楽しいおかたですね」

四郎は、そうかなぁ、と小春のからかいに気がつかないまま、

「そういわれるのは、悲しくはないが嬉しくもない」

ははは、となおも小春は笑いながら、冬馬に視線を送る。

「旦那さま、このおかたはもしかしたら、とんでもない力の持ち主かもしれませんよ」

「当然です、唐草さんですから」

「……どんな意味なんでしょうかねぇ」

小春の笑いは止まらない。

四郎は、憮然《ぶぜん》としたまま天上を眺《なが》めている。問われた件について思案している
ふうだが、答えが見つからないのか、ひとことも発しないままである。

冬馬はいつまでも、無駄話をしている場合ではない、と立ちあがった。

「どちらへ」

小春の問いに、奉行所に行って、以前似たような探索事がなかったか調べてく
る、と答えた。

すると、唐草四郎も一緒に行く、といいだした。

「なかには入れませんよ」

「いやいや、私は神の使いである。どんなところにも行けるだけの力があるから、
心配はいりません」

そう答えると、あと半刻ののちに会いましょう、といって消えた。

それはまさに、消えたといえる立ち振る舞いであった。

「まったくなにを考えているのか、判断に困ります」

本気で困り顔をする冬馬に、小春は笑いながら、

「簡単です。本当に力を使うのではありませんか」

「小春さんは、本当に若旦那、いや唐草四郎さんに不思議な力があると思っているみたいですね」

「はい、そう考えておりますよ。この世でいちばんの力を使うのでしょう……とね」

そういわれて冬馬も気がついた。

「ははぁ、なるほどたしかに、唐草さんは力を持っていましたね。たしかにその力には、奉行所も頭をさげるに違いありません」

はい、と小春は笑いながら返答をする。


冬馬が、奉行所で捕物帳を紐解いていると、きっかり半刻後になったころ、唐草四郎が、同心たちの詰め所に姿を現した。

与力の出口清史郎《でぐちせいしろう》が、ぺこぺこしながらついている。

こちらが詰め所です、とかなんとか説明をしているようである。こめつきばったのような様子を見せているところからも、唐草四郎が、かなりの力を使ったと見えた。

苦笑しながら、冬馬は四郎を手招きする。

にやりとしながら、四郎は冬馬のとなりに腰をおろした。冬馬の前に置かれた捕物帳の束を見て、

「なるほど、これですか」

てきとうに手にとって、ぱらぱらと見開く。

「外部の人には見せられないんですけどね」

「はい、わかっていますよ。でも、出口さんからお許しを得ていますからね」

「承知しています」

冬馬は、このなかから女の髪の毛が切られたという事件があるかどうか探しだしてほしい、と告げた。

「同じやつが、またはじめたといいたいのかな」

四郎は、冬馬を見つめる。その目の光は、どこかに飛んでいるように冬馬には見えた。

神さまと縁を結んだからだろうか、と考えてが、そんな馬鹿な話はない、と考え直す。

「四郎さん、もしあったらすぐ教えてくださいよ、書かれた本人ではなく、猿真《さるま》似《ね》をした輩がいるかもしれませんから」

「もちろんですよ。内緒にして自分だけで解決しようなんてことは考えませんから、安心していただきたい」

「……その応対は、ひそかに考えていたようですね」

「なにをいうか。私は神との約束は果たすのだ」

「なんですか、その約束とは」

「この世を平らかにすることだ。そして、江戸のみな、いや、日ノ本の国で暮らす民を幸せにする。それが使命である」

「なるほど。ですが、その使命到達のために悲鳴をあげないように、祈っています」

「あなたは、神を信じませんね。おっと、神は死にましたという台詞はなしです」

「早く探してください」

そっけなく冬馬は、どんと四郎の前に捕物帳を突きだした。一尺もありそうな高さを見て、四郎はため息をつき、

「どうやら、神は私を見放したらしい」

「いっぱいの紙がありますから、大丈夫です。しっかりと、髪事件を探してください」

「おんばさらきゅうきゅうにょりつりょう」

四

「まだ、全然足りねぇ……」

為次郎《ためじろう》は、束になった髪の毛を撫でながらつぶやいた。

女ふたりを襲ったのは、そのほうが楽だと考えたからだ。男は抵抗されたら面倒である。

その点、女なら抗《あらが》われても、なんとかおさえこめるだろう、と実行にうつしたのである。

――うまくいったのは、ふたりだけだ……。

ほかにも、数人、襲ったのだが、思いもよらぬ強い力で逃げられた。反抗されたときは、女もかなりの力で争うものだと知った。

――思ったほど切り取ることはできなかった。

それに、そろそろ江戸橋界隈の小網町や、本舟町あたりでは、女の髪の毛を狙う奇人が出る、と噂が拡まりはじめている。

あのあたりを犯行の場所に選んだのは、近くに、牧野《まきの》家や安藤《あんどう》家などの武家屋敷があり、さらに西へ向かうとすぐ与力、同心たちの組屋敷が並んでいる。

それだけに、みなが油断をする場所だと考えたからだった。安心と危険はとなりあわせなのだ。

もう襲うのはやめよう、と為次郎はつぶやく。

「人は、反抗するからいけない」

私のまわりにいる者たちは、私に従順でなければいけないのだ……。

ぶつぶついいながら、為次郎は、四畳半の部屋から外に出た。

為次郎が住んでいる場所は、冬馬たちが住む組屋敷から、掘割を南に進むと、亀島橋。そこから少しだけさらに南に行くと、大川続きの稲荷橋に出る。その周辺が湊町だ。

為次郎の住まいは、本湊町《ほんみなとちょう》にあった。目の前は江戸湊入口である。遠くには石川島も見える場所であった。

親の代から続く土地である。両親は、土地に長屋を建てて生計の糧としていた。だが、家族は数年前、江戸を襲った台風に巻きこまれて命を取られていたのである。

河岸からあがった水に飲まれてしまったらしいが、赤ん坊だった為次郎には、そのときの記憶はない。

住まいは二階建てだったらしい。母親がとっさに、赤ん坊だった為次郎を階段の上に放り投げたという。

台風が過ぎたあと、二階でかすかに溜まった水の上に浮く為次郎が見つかり、助かったと聞かされている。

もちろん、そんな話は、まったく憶えがないから、

「おまえは、運のいい子だ」

と親戚などにいわれても、真実味は感じない。

運がいいとしたら、親が土地を残してくれたことだろう。建物は流されてしまったが、土地は残っている。

親が貯めていた金銭は、水とともに流れてしまった。

親類たちが金を出しあって、そこに長屋を建ててくれた。いま、為次郎はそのあがりで生きているのである。

大家といっても、仕事は親類たちが差配をしてくれる。もちろん入ってくる家賃のほとんどは、持っていかれている。

そんな様子を見ると、長屋を建ててくれたのも、自分たちのためではないのか、と疑われたが、もしそうだとしても、仕事もせずに金が入るのだから、不平をいう気はなかった。

為次郎は、そんなことを考えながら、本湊町を出て、稲荷橋に向かった。その界隈は南八丁掘である。与力、同心の組屋敷は目と鼻の先である。

さらにいえば、東側には御船手《おふなて》屋敷があり、普段、江戸湾から入る舟はここであらためられる。

そして船頭たちは、平船に乗り換え、京橋、日本橋などへと荷を搬送するのだ。つまり、それだけ人の出入りも多いし、どんな荷物を持っていても、たいして疑われることはない。

「こんな場所だから目くらましになる……」

ひとりごちながら、為次郎は稲荷橋のたもとに向かった。

そばには、稲荷神社がある。

為次郎は鳥居を無視して、左に曲がった。稲荷神社の斜向かい側に向かったのである。

途中、大家さん、と声をかけてくる者もいた。

お世話になります、と如才《じょさい》なく答えながら進むと、土蔵が建っている。為次郎はその前に立った。

「ご機嫌はいかがかな」

土蔵には人が住んでいるのか、挨拶を告げながら、入っていったのである。

「あぁ、ちょっと見ない間に、汚れちまったねぇ」

土蔵のなかに入ると、ひんやりとした風を感じる。

若い娘が褥《しとね》の上に座っていた。

長襦袢《ながじゅばん》だけの半裸である。

「寒かったろうねぇ」

もう少し待っていておくれ、といいながら、土蔵の二階にあがった。

そこには、年寄りらしき男女が寝転がっていた。

「あぁあぁ、そんな格好をして」

ふたりとも、まともな着物は着ていない。粗末な木綿の小袖一枚だけ着せられている。

二階は、下着がないのだ。さらにひんやりとしている。

「あぁ、寒いねぇ。風邪でも引かれたら困るよ、おっかさん」

為次郎は、そう声をかけると、

「まだ春は遠いから、寒くてももう少しの我慢だよ」

持ちあげると、ぐらりと首が落ちそうになる。

「おっと、だめだ、だめだ、そんなことをしたら」

首を抱えながら、さらにつぶやいた。

「これじゃ、首が抜けてしまうねぇ」

差し替えたほうがいいかもしれないけど、この顔は取り替えられないからね、
おっかさん、とまた呼んだ。

「もう少し、まともな小袖を持ってこないといけないね」

今度は、寝転がっている男のほうに顔を向ける。

「なんか、まだまだだねぇ」

為次郎は、ふたりを見ながら、

「まずは、おねぇさんから、ちゃんとしてあげたいのだよ。だから、着物はもう
少し待っていておくれ」

そう告げると、一階におりた。

女は同じ姿で座っている。

「動いちゃだめだよ。あんたはすぐ身体がいかれてしまうから」

そういいながら、為次郎は女の身体に抱きついた。

「身体が冷たいねぇ」

しばらくじっと抱きついていると、

「あぁ、なんかいいたそうだね」

なんだい、と耳を女の口元にもっていく。

「ちゃんといってくれないと困るよ」

さらに、耳を口元に近づける。為次郎の胸は上下動が激しくなっていた。はぁはぁ、と荒い息を吐きだしながら、

「おねぇさん、どうしたんだい。あぁ、髪の毛だね。持ってきたよ」

さらに力を入れて抱きしめた。

と……。

女の身体がふたつに折れて、崩れ落ちた、
首がコロコロと階段に向かって転がっていく。思わず為次郎は追いかけて、拾いあげた。

「あ、あぁあぁ……だめだねぇ……」

首を持ったまま、前のめりに倒れた女を抱きあげて、叫んだ。

「やっぱり人形じゃだめだ。本物でなければ」

為次郎の目が怪しく光る。

さらに、顔からは得体の知れぬ炎が吹きあがっていた。


「なにか見つかりましたか」

冬馬が、四郎に尋ねる。その顔は、自分は目ぼしい事件を見つけることはできなかった、と書かれてあった。

「……ないのぉ」

「だめですか」

「だめとはいうてはいけません」

「は……」

「だめといえば、すべてがだめになる。言葉とはそんなものです」

「はぁ」

普段の冬馬がいいそうな台詞だったが、冬馬は、はい、と素直に聞いている。

「おや、素直ですね」

「私は、つねに素直です」

「へぇ、そうですか」

「はい、常に全力、常に素直」

「……それはまたなんのおまじないです」

「ただの口癖です」

「……ところで、襲われたふたりの娘にはなにか共通するところは、ないのであろうか」

「それは、私も考えていました」

「ならば、探ってみようではないか」

「そうですね……」

「おや、その顔は、なにか不都合でも」

「いえ、そんなことはありません」

お艶とまた顔を合わせなければいけないのか、といいたかったのである。

べつに嫌いなわけではない。お艶の悪戯っぽく、しかも積極的な言動が苦手だなぁ、といいたかったのである。

「早く行きましょう」

四郎が先を急ごうとする。

「沢木屋のお艶さんに会ったほうがいいでしょうね」

冬馬がつぶやいた。

「おや、その心は」

「お里さんは悲しみのあまり、ほとんど口を開いてくれません」

「お艶という娘はそうではないと」

「はい、協力的です」

「おや、その顔はなんです」

「なにがですか」

「お艶という名を出すときは、嬉しそうです」

「まさか。私には小春さんという大事な人がいますから、ほかの女に懸想《けそう》などするわけがありません」

「おやおや、なにも私は懸想をしたなどとはいうておらぬぞ」

「沢木屋は、伊勢町です」

冬馬は、さっさと立ちあがって、歩きだしていた。

奉行所を出ると、ふたりは通町を抜けて、日本橋を渡った。

そこから、宝町一丁目、二丁目と進み、十軒店の通りを右に曲がると、すぐ伊勢町である。

沢木屋は、酒問屋だからすぐ目についた。看板には、大きな字で、酒と書かれている。

お艶さんはいますか、と訪いをこうと、

「はい、私ならここです」

土間の端で、しゃがんでいた女が振り向いた。

「あれ……あんたは」

「はい、私がお艶ですが」

「……本当ですか」

「はい、本当ですよ。私がこの店の女中頭、お艶ですけど」

絣の小袖に、朱の前垂れはあきらかに、奉公人姿である。海賊橋で会った女とはまったくの別人だった。

「これは、どういうことでしょう」

さすがの冬馬も呆然としていると、奥からお艶を呼ぶ声が聞こえてきた。どこかで聞いた声だった。

「いまの声は、誰です」

「あぁ、お嬢さんの、お豊《とよ》さんですよ」

「お豊さん……」

女中のお艶は、呼んできますか、と怪訝《けげん》な目で冬馬に尋ねた。その目に冬馬は不思議な色合いを感じる。なにかいいたそうな目つきなのだ。

「ははぁ……」

「……どうしました、お役人さま」

「意味がわかりました」

「なんの意味です」

「お艶さん、いえ、お豊さんが偽者だった。あれ、どっちが偽者なんだろうか」

「……大丈夫ですか」

「とにかく、あんただったんですね」

「……なにがです」

「髪の毛を切られるという被害に遭った人ですよ、よく見たら、あなたのかもじはなんか変です。かつらでしょう」

「……やめてください。誰も気がついていないのですから」

そこに、どうしました、といって娘が出てきた。その声といい、姿形といい、たしかに海賊橋の娘である。

「あ……変なお役人さま」

「どうして、こんなおかしな嘘をついたのです」

冬馬は、怒りの素振りを見せる。本当はたいして怒ってはいないのだが、威厳を見せてやろうとしたのだ。

「おや、変なお役人さまも怒ることがあるんですねぇ」

「理由を話してもらいましょう」

お豊はその言葉を無視して、四郎に目を向けると、

「こちらは、大道芸でも見せてくれるのですか」

四郎は、むっとしながら、

「私は、神の使いである。なんてことをいうか」

「まぁ、お艶、よかったねぇ。もっといいかつらを作ってもらえそうだよ」

四郎が言葉を発する前に、お豊はどうぞ奥へ、と冬馬を誘った。

五

「その節は、失礼いたしました」

お豊はていねいに頭をさげてから、冬馬に向けて悪戯っぽい視線を送ってきた。

これだ、この目だ、苦手な目だ、と冬馬は心でつぶやきながら、

「まぁ、いいでしょう。女中頭が頭を切られてしまったとなれば、女中たちから馬鹿にされるかもしれませんからね」

「はい、それだけではなく、せっかく髱《たぼ》をしっかり結べるほど伸ばしていたのですから。それを切られたとあっては、泣くに泣けません」

「それが女性ですか」

「そうですね。とにかくがっかりして、お艶は元気がなくなりました。そこで、なにがあったのか確かめてみると……」

「ははぁ。それで、愛宕屋のお里にも話を聞いてみようと訪ねた、というわけですか」

「そのとおりでございます。お艶も、いまはなんとかあぁやって元気そうにして

ますが、切られた翌日は、本当に死んでしまいたい、と嘆《なげ》いていましたから、私がなんとかしようと考えたのです」

使用人が困っている姿を、黙って見ていることはできなかった、とお豊は答えた。

「しかし、かつらです、といわれたときは、すっかり騙されました」

「ふふ、女は嘘つきですから。お役人さんがいちばん大事とおっしゃった小春さんも、同じかもしれませんよ」

「……小春さんにかぎって、そんな裏はありません」

「ふふ。はい。そのようにしておきましょう」

「女は化け物である」

いきなり四郎が叫んだ。

さっき、お豊に揶揄《やゆ》された件で、かなり憤《いきどお》っているらしい。

「まぁ、化け物ですか。そんな女に懸想する殿御は、化け物が好きな馬鹿物ですね」

ふふふ、とお豊は笑みを浮かべて、四郎を見つめる。

「おや、しっかり見ると、四郎さんとやら、けっこうなご面相をお持ちですねぇ。

そのへんにいる大道芸人とは、ひと味もふた味も異なります。私は、人を見る目があるのです」

本来は、大金持ちの若旦那である。そんじょそこいらの大道芸人とは異なるはずだ。

う……と四郎は一度呻《うめ》いてから、かっと目を見開いた。

「……おぬしも、なかなかの人相持ちであるな。神の加護がありそうだ」

「それは、ありがたいお話です」

四郎の機嫌は直ったらしい。

「そんなことより、お豊さん、お聞きしたい件があります」

「はい、なんなりと。お艶がどんな様子で襲われたのか、しっかり聞いておりますから」

「どうして、お艶さんは襲われたのでしょう。なにか心あたりはありませんか」

「私も気になっていましたけど、お艶に聞いても首を振るばかりです」

「お艶さんは住み込みですか」

「いえ、通いです。住まいは本湊町です」

「稲荷橋の近くですね」

四郎が、鉄砲洲《てつぽうず》であるな、と付け足した。

「なんという長屋ですか」

「たしか、台風《たいふう》長屋とか」

「それはおだやかではない名前です」

お豊は、以前、そのあたりは台風で建物が流されたときがあったらしい、と答える。

「なるほど、それで台風長屋ですか」

そういえば、とお豊がなにか気がついた顔をする。

「お里さんですけどね。たしか手習いのあとで襲われたと聞きました」

「そうらしいです」

「その手習いの師匠の住まいは、玄冶店です」

「はい」

「たしか、本湊町にある台風長屋の大家さんは、玄冶店にも貸家を持っていると聞いたことがあります」

「それだ」

叫んだのは四郎である。鈎十字を天上に向けて一度、二度と振ってからさらに叫んだ。

「おんばさらきゅうきゅうにょりつりょう」

「……なんです、いまのは」

驚いたのだろう、お豊は座ったまま腰を引いている。

「本物が必要だ……」

為次郎は、つぶやき続けている。

江戸湾から吹きつける風は、塩の香りを運ぶだけではなく、冷たさも連れてくる。

「これでは、みな風邪を引く」

本物の人なら、風邪を引かないだろう……。

人形はだめだ、弱い。

本当の人間は強い。

とくに、女は強いはずだ。

「ねぇ、おねぇさん」

誰もいないところに向けて、為次郎は語りかけている。

「そうだ、おねぇさん。誰か、あの土蔵に連れていく女を知りませんかねぇ」

「八丁掘の女はどうですか」

「町方の女ですか」

「奥方ですよ」

「あぁ、それなら風邪を引かないかもしれない」

「そうですよ、強い女です」

「それがいいかなぁ。でも、都合のいい女がいるだろうか」

「いるじゃありませんか」

「誰です」

「愛宕屋を訪ねていた八丁掘の奥方ですよ」

「あぁ、あのおかしな役人の女房……」

　為次郎は、愛宕屋に役人が入っていく姿を見ていた。お里に友人でも訪問していたら、その娘を襲うつもりだったのである。伊勢町を歩いている女は髪の量は多かったが、質が悪いと感じていたのである。

　お里は大店の娘だが、あとで襲った女は、奉公人だろう。

　そんな経験から、髪を集めるなら大店の娘のほうがいい、と考えていたからであった。

「役人の奥方か……会ったことはないけどね」

「あの町方の奥方なら、風邪を引かない強い女かもしれないよ」

よそで誰かが聞いていたら、男女の会話に聞こえたことだろう。

もちろん、女がそばにいるわけではない。為次郎のひとり二役なのであった。

「さすが、おれのねぇちゃんだ……」

住まいを出た為次郎は、稲荷橋から南八丁掘を抜け、亀島橋を渡った。組屋敷が並ぶのは、そこから西の界隈である。

為次郎は、人の前では普通の若い気のいい男である。

組屋敷を入る前の自身番で、以前、助けてもらったので、お礼をしたいのだが名前を聞き忘れた、と告げた。

「ちょっとのほほんとした、一見、無愛想な人でした」

冬馬の人相を告げると、

「あぁ、それなら猫宮の旦那でしょう」

「へぇ、そんなに名が売れてるお役人さんですかい」

「近頃はご活躍みたいですね」

「じゃぁ、いい奥方がいるんでしょうねぇ」

「それは、もちろんですよ」

「どんな土産《みやげ》がいいですかねぇ。奥方のお名前をお聞かせください」

「あぁ、小春さんといいます」

世話になりました、といって為次郎は、小春か……とつぶやいた。

教えてもらった屋敷の前に行くと、女ふたりが会話を交わしていた。顔が似ているから、親子なのかもしれない。

「ふん、おれにだって、家はあるんだぜ。親だっているし、ねぇちゃんもいるんだ。でもな、みんな動けねぇ。それはいいんだ。みんなすぐ風邪を引いて壊れる。だから、できるだけもうひとり、強くて風邪を引かねぇ女が必要なんだ」

ぶつぶついいながら、為次郎は冬馬の屋敷の前に立った。

さっきまでいた母親らしき女は帰っていったらしい。

若い女がひとりになっている。

「あれが、小春か……」

強そうな女だ、風邪は引かなそうだ、とほくそ笑んだ。

「猫宮さんの奥方さんでしょうか」

どこから現れたのか、若い男に声をかけられて、小春は一瞬驚く。

足音が聞こえなかったからである。

――ねずみ小僧の私が、足音に気がつかないとは……。

組屋敷内のために油断をしていらしい。

それにしても、目の前で腰をかがめて立っている若い男のたたずまいに、小春は背筋が凍りそうな気分だった。

どうしたのだろう、と自問する。

そうか、この人の目が怖いのだ、と小春は得心した。

どこを見ているのか、はっきりしない目なのである。同心や岡っ引きのなかには、他人を寄せつけないような目つきの悪い輩はいる。

しかし、それとはまた異なる不気味さを、その男の身体からは、煙のように立ちのぼらせていた。

「私が小春ですが」

「猫宮さんの奥方さんですね」

「はい」

「よかった……」

「あの、旦那さまになにかありましたか」

まさかとは思ったが、目の前の男を見ていると、そんな問いが出てきた。

「へぇ……じつは」

男は周囲を見まわして、声をひそめた。

「あまり大きな声ではいえないのですが」

「なんでしょう」

「旦那からの伝言で、ひとりで来てくだせぇ、とのことです」

「まぁ、どこへです」

「あっしが案内をいたします」

「……わかりました」

支度をしてきます、といって、一度、屋敷に戻った。

本当に冬馬からの伝言だと感じたら、屋敷に戻ったりせずに、すぐそのまま男についていったことだろう。

しかし、男の態度に不審を感じた小春は、部屋に戻ってねずみ小僧の衣装を持ちだしたのである。

こんなときに、母の夏絵がいてくれたら、と思ったが、さっき別れたばかりである。

もう、連絡はつかないだろう。

危険と出会ったら、ひとりで戦わなければいけない。小春は気を引きしめてから、外に出た、

「お待ちしてました」

男は慇懃《いんぎん》に腰を折って、

「こちらへ、どうぞ」

先に歩きだした。いかにも、冬馬からの伝言を持ってきたという態度だが、冬馬が伝言を頼んでいたとしたら、こんな見知らぬ男に託すわけがない。

小者か、どこぞの自身番から町役など、役人とかかわりのある人を送ってくるはずである。

さらに、緊急な連絡だとしたら、口伝えではなく、書付《かきつけ》を渡されるはずだ。その書付の文字を見たら、本物か偽物かがはっきりする。

「あの……」

「はい、なんでしょう」

「旦那さまはどちらにいるのです」

「私にお任せください」

先を歩く男の足は、八丁掘から南八丁掘方面へと向かっている。

どこに向かっているのか、判然としない。

それだけではない。小春をどうしようとしているのか。

おそらくは、かどわかしだろう。

冬馬に対して、恨みがあるのだろうか。

あれこれ考えるが、ひとつとして、解答は得られない。

それも当然だろう、なにしろいままで会ったこともなければ、会話を交わしたこともない男だ。

男は、ときどきこちらをちら見する。

小春がついてきているかどうか、確かめているらしい。

その目つきが、なんともいえず、不気味である。

——いままで、感じたことのない気持ち悪さだわ……。

これほど、恐れを感じたことはなかった。

「こちらへどうぞ」

遠くに見える建物は、御船屋敷らしい。

「ここは、鉄砲洲ですね」

「こちらへどうぞ」

男は、返事をせずに、稲荷神社の鳥居を通りすぎ、すぐ曲がると、土蔵が立っていた。

「元気でしたか」

土蔵の入口から、奥へ声をかけている。誰に声をかけているのだろうか。

「誰かいるのですか。旦那さまですか」

「なかへどうぞ」

誘われて、土蔵のなかに一歩踏みこんだ。

「あら……」

女が裸同然で座っていた。長襦袢姿だけである。見るからに寒そうだったが、

「…………」

なにかおかしい。

顔色が悪い。動かない、こちらも向かない。目がまたたかない。

——髪がない……。

いや少しは、あったが、頭の半分しか覆《おお》われていないのだ。つまり、本来あるはずの髪の毛がなかったのである。

小春の全身が泡立った。

「これは……」

人形ではないか。骨組はおそらく菊人形のような作りだろう。それに、長襦袢を着せているのだ。

きちんと座っているから、一瞬、人と見間違えたが、あきらかに人形である。

「おねぇさん、寒かったねぇ」

男は、人形に声をかけている。それも、本当の人間に話しかけているような雰囲気である。にこにこと会話するその態度は、異様であった。

「あの……これは、どういうことです」

髪の毛を切ったのは、目の前にいる男だろう。小春は、思わず頭に手を伸ばした。

「あ、心配いりませんよ」

「なにがです」

「あなたは、そのままでここにいてもらいますから」

「なんですって」

「奥方さんは、風邪を引きますか」

「……なんですかそれは。意味がわかりません」

「そうですか」

それ以上の質問はなかった。屋敷を訪ねてきたときよりも、愛想のいいその顔つきを見るたびに、小春の恐怖が膨《ふく》らんでいく、
刀を突きつけられたとか、町方に取り囲まれたとか、冬馬と喧嘩別れとしたとか……そのような恐れではない。言葉にできない恐怖であった。

「私は、為次郎といいます」

「………………」

返答もできなくなっていた。むしろ、力ずくで襲われたほうが安心できる。

「ここには、私の一家がそろっているんです」

「え……」

「どうぞ、二階へ。そこに両親がいますから」

手や足が震えてもおかしくはない。それほど、不気味な恐れである。

　為次郎は、階段をのぼろうとして、

「小春さんが、お先に」

　階段を先にのぼっていけ、というのだ。逃げられたら困るからだろう。不気味なだけではなく、用意周到でもある。

「いえ、私は……」

　動きたくなかった。逃げたいのだが、自分の身体が他人になったような、おかしな気分だった。自分まで人形になってしまったようである。

「それはいけませんよ」

　さぁ、といって為次郎は、小春の手を取ろうとする。思わず、それを払いのけた。

「わかりました。のぼります」

　ここにきて、足が震えていると気がついた。階段をうまくのぼることができないのだ。

　足を滑《すべ》らせてしまいそうになった。

「おっと、危ない、危ない」

　為次郎が小春の腰を下から支えた。

手の感触に虫唾《むしず》が走る。

「やめてください」

思わず叫んでいた。その瞬間、感情があふれだした。

「帰してください。こんなところにはいたくありません」

「おやおや、どうしたのです。あたなはこれから、私たちの一家になるのですからね。そんなおかしな言葉を叫ぶのは、やめてくださいね」

さぁ、といって、さらに下から上へと押しつけられた。手から逃げるために、一気に二階へあがった。

寝転がる年寄りらしき男女が、目に飛びこんだ。

しかも、老女のほうは首が半分、横に飛びだしていた。

ぎゃ。

小春は、呆然と立ち尽くしている。

いつの間にか、為次郎の手には茶碗が載っていた。

六

鉄砲洲までは、半刻もかからないだろう。

「なんだか、今日はやけに風が冷たいですねぇ」

冬馬は、背筋におかしなざわめきを感じていた。さっきから誰かに呼ばれているような気がしているのである。

「なんだろう、これは」

「おぬしも、神の声が聞こえるようになったのだな」

「それはありません」

「早く鉄砲洲へ行かねばなるまいな」

四郎は、思いのほか足が早かった。冬馬より先を進みながら、お豊や、お艶から聞いた話を復唱している。

「野郎の名は、為次郎か……といっても、まだやつがやったと決まったわけではないがの」

「その見込みは高いと思います」

「やつが手をくだしたのではなくても、なんらか筋は知っているはずだ」

為次郎は、お艶が住む長屋の大家である。さらにいえば、お里の手習いの師匠である戸村手記という男が住んでいる玄治店の長屋を持っているのも、為次郎だという。

それらを組みあわせたら、髪切り事件に、為次郎がかかわっていると考えるのは、当然の帰結であった。

「やつは、台風長屋と玄冶店にある長屋の大家ということだが、まともに働いたことがないそうではないか」

「台風のときに、両親と死に別れをしてしまった可哀相な人でもありますねぇ。もちろん、だからといって、女の髪の毛を切り取るなどと、そんな理不尽な行為はいけません」

「あんたがいうと、なんだか、悪事も芝居見物のように聞こえてくる」

「芝居は嫌いです」

「おや、そうなのかい」

「あれは偽物ですから。嘘っぱちですから、夢物語ですから」

「急ぐぞ」

四郎は、もういい、と手を振りながら先を急いだ。

稲荷神社に着くと、この近くだな、と四郎は足を止める。

「あぁ、まだなにかが聞こえる。誰かが助けを呼んでいるような声が聞こえてくる……」

冬馬は、耳を掻きながら空を仰いだ。天から声が聞こえてくるとでもいいたそうである。そんな姿を見ながら、四郎はいう。

「やはり、私の力がおぬしにも伝わったようであるな」

「それはない、ない」

「では、どうして声が聞こえるのだ」

「さぁ、それは……まさか」

本当に、神の声が聞こえているのか、と冬馬は首を振った。

そのときであった、
稲荷神社の境内から、黒い塊《かたまり》が飛び出てきた。それは、まるで疾風《しっぷう》のように鳥居を抜けて、通りを曲がっていく。

「おや……なんだ、いまのは」

「四郎さんにも見えましたか」

「あぁ、見えた。黒いなにかが見えた」

「神社から出てきたのですから、神さまではないのですか」

「ふむ……黒い神か。黒髪……」

それだ、と四郎は叫んでいきなり走りはじめた。どこに行くのです、と叫びながら、冬馬は追いかける。黒い塊が通り抜けた曲がり角に出た。

「土蔵があるぞ」

「黒神さまは、あの土蔵に入っていった」

「真ですか」

「私は神が見えるのだ」

「では、行ってみましょう。なにかあるのかもしれない」

冬馬は腰から十手を引き抜き、慎重に足を土蔵に向けた。そのとき、叫び声が聞こえたように思えた。

「四郎さん」

「あぁ、聞こえた。助けてと聞こえた」

「あの声は小春さんです」

「それはないだろう。奥方は組屋敷だ」

「いえ、あれは間違いなく小春さんです」

冬馬は、小春の声を聞き間違うわけがない、と断言する。四郎もそうかもしれないが、と疑惑の目を向けたが、

「いや、小春さんでもそうでなくても、助けを求める声を聞いたのだから、悠長にしているわけにはいかない」

土蔵の前に立つと、扉に手をかけた。しかし、閂がかかっているのだろう、びくともしない。

「力が足りない……」

悔しそうに四郎がつぶやいた。

「違います。足りないのは、知恵です」

不服そうな目をする四郎を尻目に、冬馬は扉をどんどん叩き続ける。

「頼もう。頼もう」

「叫んでも、無駄だ」

四郎が呆れ顔をするが、冬馬はやめようとしない。

「火事です、開けてください。火に包まれますよ」

「土蔵なら、火事のときに逃げる場所ではないか。そんな言葉で開くわけがない

であろうに」

それでも、冬馬は火事だ、と叫びながら必死で叩き続けた、

ようやく音を立てて扉が開いた。

しめた、と冬馬は四郎を見つめる。

若い男が隙間から目を向けてくる。だが、なかへと飛びこむには、まだせまい。

「何事です」

「そこで火事です。逃げ場がないところ、この土蔵を見つけました。なかに入れてくれたら助かります」

若い男は、扉を少しだけ引いた。わずかに隙間が開いた。

いまだ、と叫んで冬馬は身体を乗りだし、思いっきり扉を押しこんだ。その勢いで、若い男の身体が土蔵のなかに転がっていく。

四郎さん、と呼んで、冬馬は開いた扉から土蔵のなかに飛ぶように踏みこんだ。

「あ、あぁ、失礼……」

目の前に若い女が座っていた。冬馬が挨拶をしても、返答はない。顔もこちらを向かない。

「あ、あの……」

娘の半裸姿に、冬馬は動転している。

「これは、人ではないぞ」

遅れて飛びこんできた四郎は、叫ぶと同時に女を蹴飛ばした。

「なにをする……あ、これは」

足げにされた女は、転がったまま動かない。首が傾き、普通なら起きそうもない方向に曲がっている。しかも、座ったままの形である。

「人形だ。どういうことだ、どうしてこんなものが……」

若い男は、人形に抱きつき、

「おねぇさん、ねぇちゃん、ねぇちゃん。あぁ、こんなことになって……」

異様な光景に、冬馬と四郎は言葉を失っている。

「二階があるぞ」

階段を四郎が駆けあがった。

冬馬は、壊れた人形に抱きつきながら涙を流している男の背中を見つめた。

このままにしてはおけないだろう。この異様な行動を取った男が、お里や、お艶の髪の毛を切ったに違いない。

男は身体の力が抜けたのか、人形を抱いたまま、その場で横になってしまった。

二階から四郎の呼ぶ声が聞こえた。早くあがってこい、と叫んでいた。

扉を見ると、閂に錠前がついていた。

さっと鍵を握って、二階にあがった。

「どうしました……これは……」

そこには、人形の老夫婦が向かいあって座っていた。まるで世間話でもしているように見える。

冬馬は、身体を震わせながら四郎を探した。

「四郎さん、どこです」

「こっちだ、こっち。驚くなよ」

奥に部屋があるのか、声はそちらから聞こえてくる。

「もう仰天の連続ですから、大丈夫です」

奥へ向かっていくと、四郎の背中が見えた。そばに寄って、

「四郎さん、人形になったみたいに見えました」

「それは、私ではない……あれを」

「なんです」

四郎の指は、壁が一段奥まった場所を指している。そこには、やはり一体の人形が立てかけられていた。

「おや……あれは小春さん、小春さんに似せた人形が、どうしてこんな場所にあるんです」

「違う。人形ではない。本物だ」

「え……」

その小春は、壁に背中を押しつけるような形で立っていた。肩が少しずらされ、素肌があらわになっている。その姿から想像するに、おそらく髪を洗う仕草をさせようとしていたのではないか、と思えた。

その作業をしているときに、冬馬が扉を火事だと叩いたのであろう。

あわてて、冬馬は羽織を脱いで小春の肩にかけた。

「小春さん、小春さん」

眠り薬でも飲まされたのだろう、小春は立ったままで寝息を立てていた。

「それじゃ起きないだろう。私が蹴飛ばしてあげよう」

「やめてください。人形ではないのですから」

「そうであるな。よし、では呪文を」

おんばさら、と呪文を小春の前で唱えだした。

七度くらい続けたときに、小春の目が開いた。同時に身体が崩れ落ちる、

「あ……私、なにを……していたのです」

冬馬の羽織を手にしながら、ぼんやりとした目で冬馬を見つめる。

「旦那さま……ここはどこです」

「小春さん、さぁ、早く外に出ましょう」

はい、と答えてから、肩を外されていると気がつき、息を呑んだ。

「あ、為次郎は、為次郎です、私をこんなふうにしたのは、為次郎です。そして、髪の毛を切ったのも、為次郎……」

最後は、涙声になっていた。

「お茶を勧められて飲んだところまでは憶えていますが……そして、ここは人形の館です。為次郎はいいました。これが私の一家だと。そして、私はその仲間になるのだと……」

「もう大丈夫です、小春さん、しっかりしてください」

「為次郎は、私は風邪を引かないから、といいました」

「…………」

「人形は風邪を引く。でも、私は風邪を引かないから、仲間になれる、と」

まだ頭が混乱しているのか、冬馬には意味不明な言葉を並べているように感じられた。

七

「本当に神の声が聞こえたのかい」

冬馬が語った内容にけちをつけようとしているのか、夏絵が薄ら笑いをしながら問いつめているのだ。

「聞こえました。たしかに聞こえました」

「ふぅん」

本当は大笑いをしたいのだろうが、夏絵は我慢していると小春は感じている。いまの冬馬の話は、たしかに不思議だと思えた。しかし、小春は途中で気がついたのである。

夏絵は小春と別れたあと、小春と為次郎が連れだって出かける場面を見ていたに違いない。

小春の仕草に異変を感じて、尾行をしていたとしたら。そして、小春が土蔵のなかに押しこめられたと目撃していたら……。

八丁堀に戻ろうとしたとき、冬馬が四郎と一緒にこちらに向かう姿に気がついた。そこで、夏絵はささやき声で、それとなく冬馬を導いたのだろう。

間違いない、と小春が確信するのは、持って出たねずみ小僧の衣装がいつのまにか、使用した跡を残して、部屋に戻っていたからだ。

隠し場所を知っているのは、夏絵しかいない。

「四郎さんは、私にも神が宿ったのだ、といってましたが、そんな不思議な話があるものでしょうかねぇ」

「あんたなら、ありそうだね」

夏絵は笑いながら答える。小春はその真相に気がついてますよ、とふたりだけで交わす合図を送る。

「あははは、婿殿、せいぜい神の思し召しをうけるんだね」

「もちろんです」

「で、為次郎はどうしたんだい」

「どうも、気が触れていたようです」

「両親が欲しかったんだろうねぇ」

「台風で親をなくして、心細かったのだろうと感じました」

「ふぅん」

「子どものころ、まわりから馬鹿にされるような言葉を浴びたときもあったといいますから」

「夢の中で一家を作ろうとしていたのかね」

「最初は、お芝居のようにひとり二役を演じていて、その病が高じてあんなふうになってしまったのではないか、と為次郎を診た医師が教えてくれました」

「なんか、可哀相な話でもあるねぇ」

小春は為次郎に、おまえは一家の仲間になるんだ、といわれたときの恐怖がよみがえる。

「でも、あんなに恐ろしさを感じた瞬間は、いままでありませんでしたよ」

顔をしかめながら語る小春に、冬馬が手を伸ばして、

「神を宿った私が助けてあげますから」

「はい、旦那さまがいれば、すぐ気持ちも戻ります」

そういえば、と夏絵は怪訝な表情で問う。

「その、天草四郎とかなんとか」

「唐草四郎です」

「その唐草四郎さんは、それからどうしたんだい」

「お春さんを助けだしたら、いきなり消えました」

「消えたとはなんだい」

「土蔵から消えたのです」

「へぇ……そうか、神の使いだから、事件解決とともに用事は済んだんだね」

「そうかもしれません」

為次郎は気が触れているために、伝馬町の牢屋ではなく、別室で治療を受けている。

しかし、ひとりにはなりたくない、と暴れて、

「ねぇちゃんを連れてきてくれ、と叫んだそうです」

「心が詰まるよ」

「しかたなく、首の取れた人形をもとに戻し、髪の毛もきちんと整えて、為次郎のそばに置いてあげているそうです」

夏絵と小春は声を失っていた。

——あんたは風邪を引かない強い人だ……。

その言葉が、どんな意味をするのか、小春はどうしても意味を見出すことができずにいる。

「小春さん、どうしました」

「いえ、ちょっと」

「もう、やつのことは忘れたほうがいいですよ」

「そうだよ、あんたには、神がついているんだからね」

夏絵の言葉に、小春は思わず笑みを浮かべた。

「そうですね、忘れましょう」

「そうそう、それがいちばんだよ」

神が宿った人は強いよ、と笑い転げる夏絵と、そうですね、と応える小春のふたりを、冬馬は交互に見比べていた。

第四話　海賊対山賊

序

「雨になりそうだな」

十番馬場《じゆうばんばば》から響いてくる馬攻めの声を聞きながら、仁兵衛《じんべえ》は雲に目を向け、足を止めた。

麻布の坂をのぼる途中である。

この界隈は武家屋敷が並び、海鼠塀や黒板塀などが広大な武家屋敷を取り囲んでいる。目につく姿もほとんど侍たちで、たまに武家屋敷出入りなのだろう、棒手振りが、掛け声を響かせながら歩いていく程度である。

紀州高津藩《きしゆうたかつ》の江戸筆頭家老、山脇陣内《やまわきじんない》から呼びだしを受けてのことだった。

仁兵衛は、一石橋のすぐそば、本両替町に両替の店をかまえている。高津藩御用達であり、そのため、なにかと便宜《べんぎ》をはかっているのだが、呼びだしの口上から思うに、御用金についてではなさそうであった。

噂に聞くと、国元では跡継ぎ問題が起きているらしい。

急な呼びだしは、その件にかかわりがあるのではないか、と仁兵衛は考えているが、商人の仁兵衛に助ける力があるとは思えない。

あまり面倒な話でなければいいが、と一度息を吐いてから、また坂をのぼりだした。

目的の下屋敷は、麻布長坂町に沿って建っている。

目の前にある稲荷神社の鳥居前で止まり、境内に向けて小さく頭をさげてから、仁兵衛は屋敷内へと入っていった。

すぐ奥座敷へと通された。

待っていたのは、山脇陣内と、十歳程度かと思える子どもであった。

陣内は、頼みがある、とその子に目を移した。

「このおかたは……若君の秀一郎《しゅういちろう》さまである」

「お初にお目にかかります」

仁兵衛がていねいに頭をさげる。

さらに続いた陣内の言葉は、雲を見ながらの推測どおりであった。国元では、跡継ぎ問題で争いがはじまりそうだ、という。

「いまのうちに、その種火を消さねばならぬ」

「はい」

そこで、おりいっての頼みがある、と陣内は仁兵衛を見つめた。

「日頃、お世話になっております。なんなりと……」

「ありがたい。頼みというのは……」

陣内は文箱から書付を取りだした。

「これを、国元に届けてもらいたい」

中身は、ご先代が秀一郎の母親にあずけた、御朱印《ごしゆいん》とのことである。

記された内容については語らずにいるが、おそらく秀一郎がご落胤《らくいん》である証の一文だろう。

「これがあれば、種火は消える」

わかりました、と仁兵衛は書付をていねいに折りたたみ、風呂敷みに包んで懐に入れた。

「頼みは、まだあるのだ」

「はて、なんでございましょう」

怪訝な顔で仁兵衛が問う。

「じつは、こちらの秀一郎君《ぎみ》についてなのだが」

「はい、なんなりと」

頭をさげた仁兵衛に向けて、秀一郎が口を開いた。

「面倒をかけるが、私からもお願いしたい」

身分を持ちながらも、それを鼻にかけるようなところもなく、何事にも臆せぬようなたたずまいを見せる秀一郎に、仁兵衛は視線を合わせた……。

その途端、雷鳴の響きが江戸を包みこんだ。

一

「さぁ、行くぞ」

眼帯の男が、手下たちに声をかけた。

海辺に、舟が揺らいでいる。風はなく、波もない。こじんまりとした舟は、まったく動かずに、波にたゆとうている。

眼帯の男は、しゃがみながら後ろを見た。

「もっと身体を小さくまるめろ」

いわれた手下らしき男たちは、お互い目を合わせながら、

「もう、これ以上、小さくはなれねぇ」

「あぁ、無理だ」

不平があがった。

その声を聞きつけた眼帯の男は、声が大きいと叱りつけた。

手下のなかには、女もいる。男たちは裾《すそ》を持ちあげて、尻が出ている。女は、腰に裾を巻くような形を取っているだけだった。

「おめぇの尻が見えそうだぜ」

男のひとりが、女にいった。にやにやと笑っている。

「うるさい。見るな」

「じゃぁ、おれの後ろに行けよ」

女は、最後尾についた。

前には、三人の男がいた。みな、身体を丸めて眼帯の男の指示に従っている。

「さぁ、あの舟に姫さまがいるぞ。助けるぞ」

眼帯の男が手下たちに伝えた。

「……姫さまとはどんな女だ」

先頭の手下が聞いた。

「姫さまは姫さまだ。やんごとなきおかただ。おめぇたちが一生かかっても、お目にはかかれねぇだろうな」

「そんな女が、どうしてあの小さな舟にいるんだい」

「さらわれたんだ」

「誰に」

「……悪いやつらだ」

「どこの悪いやつらだよ」

「いいから、黙ってついてこい。あとでいい目にあえるってもんだ」

「いい目、ってなんだい」

「楽しいなにかが待っているってことだ」

うるさそうに眼帯の男は答えるが、相手は黙っていない。それまで丸めていた身体を起こしていった。

「助けるってっておかしいじゃねぇか」

「なんだって」

「おれたちは海賊だろ」

「そうだ、七つの海を股にかける海賊だ」

「それが、どうして人助けをするんだよ」

「馬鹿者、声が大きい、しゃがめ。敵に見つかるじゃねぇか」

「……やめた」

「なんだって」

「姫さまがいたら、そいつをかっさらって逃げる。それが悪い海賊だぜ」

「おまえ、いきなりなにをいいだすんだ」

「おい、おれはおりたぜ」

と、その後ろにいた手下も立ちあがった。いちだんと背が高い。

「じゃ、おれもおりた」

いちばん後ろから、女が前に出てきて叫んだ。

「あたし、姫さまがいい」

「な、なんだ、なんだ。みんなで、なにをいっているんだ」

「女の海賊なんて嫌よ、姫さまがいい」

「だから、なにをいいだすんだ、今頃になって」

眼帯の男も立ちあがる。舟が揺れ、隠れていた女の顔が見えた。

「あたし、海賊がよかったわ」

五人の子どもたちは、口々に不平を叫びながら集まった。目の前には江戸の海辺が広がっているが、舟は猪牙舟《ちょきぶね》である。そのなかに寝転がっていた姿を隠していた女の子が立ちあがり、

「もう帰る」

と、眼帯の男の横を通りすぎていった。

「私も姫さまがやりたいから、帰る」

「おれも、帰る」

がやがやと、こんな海賊がいるかい、とか、姫さまならもっといいべべを着てないとおかしい、とか。七つの海ってなんだい、とかいいながら、全員離れていってしまった。

残された眼帯の男は、ぽつんとひとりで海辺にたたずんでいる。

「それは大変でしたねぇ」

八丁堀の組屋敷。

冬馬が、眼帯をかけた男の話を聞きながら、にやりとする、語っているのは、例によって若旦那である。

今度は海賊に変身したらしいが、誰なのかさっぱりわからない。冬馬が首を傾《かし》げていると、突然、腰をあげた。

若旦那は、墨色の手ぬぐいで頭を包みこみ、

「あるときは屈強な駕籠かき、あるときは大道《だいどう》の手妻師《てづまし》、またあるときは、きざな旗本、またあるときは」

額から頭の後ろに縛りつけた紐にくっつけた一文銭が、右目を覆《おお》っている。

「ちょっと待ってください、そんなにいろいろ変化されたら困ります」

止めたのは小春である。ひとつに絞ってもらわないと誰なのかわかりません、と続けた。

「……しかして、その実態は」

「はい」

「隻眼《せきがん》の海賊」

「……誰なんです」

「七つの海を駆けめぐる大海賊、海賊王子です」

「知りません」

小春はあっさり答えた。

「姓は海賊、名は王子。人呼んで海王《かいおー》」

「掛け声みたいな名前ですね」

「……それはエイエイオーです」

その場が一瞬、静まり返ったが、若旦那はどんと座ると、

「おい、冬馬。仲間に入らねぇか」

「入りません。海は嫌いです。べたべたするし、荒れたら転覆《てんぷく》します。まだ、私は死にたくありません」

「なんだ、なんだ、八丁掘ともあろうものが、海が怖くちゃぁ、船同心になれねぇぜ」

「私は、定町廻り同心です。それに船同心の番所も、地面の上です」

「……とにかくそういうわけだ」

「なにが、そういうわけなのです」

小春が、まったく意味がわからない、と呆れている。

「海賊といえば、当然、宝探しではないか」

「そうでしょうねぇ」

「つまりは、これから宝探しの旅に出るのだ」

「え、江戸から離れるのですか」

「そうともいう。まぁ、いますぐというわけではないがな」

「なんだ」

冬馬は憮然としている。海賊に変身するのはかまわないが、仲間になれなどと、とんでもない誘いを受け、もうやめてくれといいたいのだ。

「いつ江戸から離れるのですか」

その問いに、海王はじっと冬馬を見つめて、

「ううむ、なんだか、おれが消えるのが嬉しそうだな」

「嬉しいとか悲しいとか、そんな感情はありません。ただ、いつ消えてくれるのか、それが知りたいだけです」

「なぜ知りたい」

「理由はありませんよ。ただ、聞いただけです。意味はありません」

「いつにも増して、今日は機嫌が悪そうだ」

「海王さんにお会いするのは、今日がはじめてです」

「ふうん、そうかもしれねぇな」

海王が黙りこむと、夏絵がやってきた。若い男を連れてきている。

「おや、どうしたんです」

「婿殿に頼みたいことがあってねぇ」

「嫌です」

「まだ、話はしてませんよ」

いきなり拒否をした冬馬を睨《にら》みながら、夏絵はいった。

「ちょっとお宝を運んでほしいんだよ」

「なんだと、宝だと」

すぐ反応したのは、海王である。自分の出番だ、といいたそうな表情である。

なにかあったら、すぐさま行動に移すという気概を感じさせている。

「おや……こちらさんは誰だい」

「七つの海を股にかける海の王子、海王である」

「そらよかった」

「な、なにがよかった、ですか」

「運んでほしいのは、船便《ふなびん》ですからね」

船便と聞いて、冬馬は嫌そうな顔をする。さっき、海は嫌だと叫んだばかりである。そこに夏絵の持ちこんだ話が海とは……。

「話ができすぎですね」

「なにがですか」

「海王さんが宝探しに出かけるとやってきて、今度は、お宝を舟で運んでほしいとは、できすぎです」

「へぇ、あんた、船人足かい」

半分笑いながら、夏絵は海王を見つめる。

「ちがう、海の王です」

「さっきは、王子といってませんでしたか」

小春も笑みを浮かべている。

「それは……やがて、王になる、といいたかっただけである」

「王だろうが王子だろうが、そんな話はどうでもいいよ。あんた、船乗りなら、この人を運んでくれないかい」

「はて、そのかたはどこの誰です」

「それは、いえないね」

「ならば断る。海王は、そんなあやふやな話には乗らねぇんだよ」

夏絵は、眼帯を貼っつけて海王と名乗る男は、若旦那だと知っている。しかし、それをばらすような真似はしない。

「あんた、本当に船乗りなら、船を持ってるんだろうね」

「もちろんです、といいたいが、まあ、手に入れることはできる」

「それなら話は早いね」

「私に船の用意をしてほしいなら、子細をきちんと話してもらわねぇとな。てきとうな話だったら困る」

「じゃぁ、簡単に教えよう」

二

夏絵が連れてきた男は、一石橋《いちこくばし》に近い元両替町の若旦那、仁太郎《じんたろう》だという。幼馴染のお品《しな》と祝言をあげたのは、二年前だった。しかし、なかなか跡継ぎが生まれず、最近、男の子を養子として迎えた。

「父親に頼まれて、旅にでも行こうという話になったらしいんだよ」

そのあとは自分で伝えろ、と夏絵は神妙にしている仁太郎に声をかけた、

「なんだい、なんだい、子連れ旅の付き合いなんざ、海賊のやることじゃねぇや」

「まぁ、いいから、続きをお聞きよ」

夏絵が海王を宥《なだ》める。眼帯がずりあがっている、と夏絵に直された海王は、

「しかたがない、続きを聞こうか」

おとなしく眼帯を直してもらいながら答えた。

父親は両替商を営み、そこそこの商いをしているという。夏絵は店の顔馴染みだという。

娘の旦那が町方だという会話から、それなら話を聞いてくれるのではないか、と夏絵に相談をしたらしい。

「安請け合いは、怪我のもと……」

つぶやいたのは、冬馬である。

夏絵は、苦笑しながら、

「話を聞いてくれるくらいは大丈夫だろう、と思っただけだよ」

仁太郎は、ほかに相談をする人がいない、と冬馬を見つめる。

「どうして、私が選ばれたのか、よくわかりませんね」

冬馬は、子連れの旅を守るような仕事は望んでなどいない、といいたいらしい。

仁太郎は夏絵にうながされて話を続けた。

江戸は二月に入り、そろそろ春の兆《きざ》しも見えてきた。養子とはいえ、跡継ぎができたことだし、物見遊山ついでに、紀州にいる親類にあるものを届けてくれ、と父に頼まれた、と仁太郎は語る。

「なんです、そのあるものとは」

はい、と仁太郎は一瞬、躊躇《ためら》いの表情を見せる。

「ははぁ、それがお宝なんだな」

海王が喜んでいる。やっと自分の出番がやってきた、とでもいいたそうな顔つきである。

「姫さまを助けにいくんじゃなかったんですか」

小春が笑っていると、

「海賊は、そのときによって宝が変わるのだ」

「都合のいい考え方ですね。さすが七つの海を股にかけている海王さんです」

今度は冬馬が、にやりとする。

海王は、皮肉とわかっていても、ふふふと漏らして、

「ところで、その宝はどんなものなのだ」

「……それが、はっきりしないのです」

「なんだって……」

仁太郎は、父親に頼まれて、風呂敷包を渡されたが、その中身は絶対に見ていけない、ときつく言い渡されたというのである。

「それでは、なにを運べばいいのかわからぬではないか」

「ですから、その風呂敷包を持っていけと」

「では、その風呂敷包はどれだ」

「今日は、持ってきていません」

「馬鹿者、お宝を残してくるやつがいるか」

父親が大事に保管しているから、心配はない、と仁太郎は答えた。冬馬に警護をお願いできるかどうか、それを確かめるために、ここに来ました、と頭をさげる。

でもねぇ、と小春は疑問を問う。

「そんな大事な旅に、子どもを連れていくのですか」

「たしかに、危険すぎる」

冬馬も小春の意見に賛同するが、仁太郎は、むしろそのほうが安心だ、と答えた。

父親が子どもを連れているから、まさか大事な宝を運んでいるとは思わないだろう、というのである。

「なるほど、たしかに普通の家族が、旅に出ているように見えるかもしれねぇ」

海王は、ずれる眼帯を動かしながら、うなずいている。

「まだ、疑問がありますよ」

小春は、続けて質問をする。

「そのお宝を誰が狙っているというのです」

じつは、と仁太郎は声を落とした。まるで誰かが聞き耳を立てているような雰囲気である。

「仁太郎さん、ここには、敵などはいませんからご安心をしてください」

「はい、わかっていますが」

つい、こんな語り方になってしまった、と笑いながら、

「聞いた話では、さる紀州のお大名にかかわる大事なものがあるのだ、といわれました」

「紀州のさる大名とは、どこの誰だい」

「そこまでは聞かされていません」

「なにもわからねぇんだなぁ」

呆れたように海王は、冬馬に目をやり、

「どうだい、やるかい」

「私は町方です。定町廻りです」

「だから、なんだってんだ」

「毎日の見廻りがあります。江戸の人たちが私を待っているのです」

「ははぁ、役人としての仕事ができなくなるといいたいんだな」

「そのとおりです」

「その点なら、心配はいらねぇよ」

にやりと眼帯から外れた両目を見せる、自分が動けば、奉行所は話を聞いてくれると思っている顔つきだった。

目の前にいるのは、海賊の王子かもしれないが、その正体は大店の若旦那である。

その顔と賄賂《わいろ》を使ったら、冬馬を仁太郎の警護につかせるくらいは、どうにでもなるだろう。いままでも、若旦那は奉行所に便宜《べんぎ》をはかってもらっている。

海王の気持ちに気がついている冬馬だが、はじめから乗り気ではない。そんな冬馬の顔を見て、海王がにやにやしながら、

「ははぁ、わかったぞ、怖いんだな」

「私に怖いものなどありません」

「いやいや、その顔は敵が怖い、戦いたくない、逃げたいと書いてある」

「無礼な。私は神道無念流《しんとうむねんりゅう》の免許皆伝です」

「聞いたことねぇ」

海王は馬鹿にするが、仁太郎は喜んだ。

「それは心強いお話です。ぜひ、お願いいたします」

「わはは、これで決まりだ」

奉行所の件はまかせておけ、と海王は見栄を張ったのであった。

冬馬の威張った顔は、逆効果になってしまったのである。

「私も行きます」

小春がいうと、冬馬はとんでもないと拒否を示す。しかし、海王は、それはいい、と無責任に手を叩いた。

「お宝を運ぶのです。どこでどんな敵がやってくるかわかりません」

「なにを気にしておるか。この海賊王子、海王がいたら、どんな敵でも蹴散らしてくれるわ」

それが怖い、という冬馬に向けて、仁太郎が奥方さまもぜひ、という。

「お品ひとりでは、子どもの面倒をみるのが大変です」

「それが母親です。他人にまかせるなど、親とはいえませんよ」

「いえ、じつは……お品の腹には……」

「なんだと、子どもができたのか」

はい、と仁太郎は嬉しそうに答えた。

「ですから、旅は無理だと考えていました」

小春が一緒に行ってくれるなら、そんなありがたいことはない、と仁太郎はいうのであった。

「では、養子はどうなるので」

海王でなくても、気になる話である。養子は男の子だという。跡継ぎが欲しくて養子を迎えたのであろうに、ここで本当に血を分けた子どもが生まれたら、継承者の問題が起きてしまう。

「はい、私もお品もそこが気になっていたのですが……」

父親はそんなことは気にするな、といったというのである。

どんな解決策があるのか、と仁太郎が問うと、それはいまはいえぬが、きちんとした形で解決するときが来る、というだけであった。

「お宝の話といい、養子の件といい、おめぇさんの親父はなんだか、変人の匂いがする」

「変人といいますか、まぁ、昔から頑固親父で有名でしたけどね」

「ま、商売人の親父は、頑固なものだ……」

一瞬、海王は素の若旦那に戻ったような顔を見せたが、

「なに、それはそれとして、養子はともかく、お宝について推量はねぇのかい」

仁太郎は、そうですねぇ、と思案しながら、

「うちは地方の小藩の御用達《ごようたし》になっているから、そんなことも関係しているのかもしれない」

と答えた。

「真相はまったく藪《やぶ》のなかではないか」

海王は、そんないいかたをしながらも、にやにやしている。

「ふふふ、海賊王子さまには、なかなかいい仕掛けが読めてきたぞ」

「仕掛けとはなんです」

「お宝は、借金の帳面ではないか」

「借金……ですか」

「そうだ、大名家としては、そんな帳面が外に出てしまったら、大変なことになる。下手《へた》をしたらお取り潰しになるかもしれん」

「それはありませんよ」

それまで黙っていた夏絵が口をはさんだ。

「こんなことをいっていいかどうか、わからないけど、ご公儀だって借金をしているし、あちこちの大名家だって、商人から金を借りている。それが普通の世の中なんだからねぇ」

「まぁ、そうだが……しかし、両替商がそれだけ大事にするお宝といえば、金にまつわる話に違いない」

海王はどうしても、お宝は金銭絡みにしたいらしい。

冬馬は、御用達として付き合っている大名とはどこだ、と問う。

仁太郎は、高津《たかつ》家だと答えた。

海王は、聞いたことがねぇ、と応える。

「紀州の外れにあります。どこその支藩ですからね」

一万石ほどの小大名だという。

冬馬も、へぇ、と首を傾げる。そんな聞いたこともないような小藩に、どんなお宝があるのか、といいたそうである。

「日ノ本は広いからね」

夏絵が訳知り顔をすると、

「聞いたことがあってもなくても、関係あるまい。とにかく、その高津家にお宝を持っていくのだ」

海王は、早く行こうとうずうずしている。

「しかし、親類に届けろといわれたでしょう」

「それは、方便《ほうべん》に違いねぇ」

「そうだとしても、子連れは危険ではないかなぁ」

冬馬は、子どもは置いていけ、といいたいらしい。

「子は鎹《かすがい》だ、連れていけ」

「鎹と、お宝運びは関係ありませんよ」

海王は、冬馬が優柔不断に見えてしかたがないらしい。冬馬の尻を叩いてもしかたがないと思ったのか、今度は小春に目を送る。

「奥方、この旦那に早く決心をするように、尻を叩いてくれ」

「そうですね。この期に及んでいつまでも、ぐずぐずしていてもしかたがありませんね」

「さすが奥方。話が早い」

そこまでいわれたら冬馬としても、観念するしかなかった。

「わかりました。奉行所からの許しが出たら付き合いましょう。ところで海王さんは海賊ですよね」

「もちろんである。しかしいうておくが、海の旅は無理だ」

「そうだねぇ。大坂と江戸をつなぐ菱垣廻船《ひがきかいせん》は、貨物船だからね。それに、船だと関所破りになってしまう」

間違いない、と冬馬もうなずくが、

「海王さんは、海の人でしょう。どうして陸路なのに手伝うのです。それに、どうして、お宝を守る側にいるんです。海賊は、奪うほうでしょう」

「海賊でもたまには、陸にあがる。それに、偉くなれば人助けもするのだ」

「そんなものですかねぇ」

「うっせぇ、うっせぇ、文句はいわさねぇぜ」

誰も文句などという人はいない、という冬馬に、海王は、ふふふ、と意味不明の笑みを浮かべるだけである。

三

一行は、品川宿を歩いている。

沖に見える千石船《せんごくぶね》が、帆が風をはらんで滑《すべ》るように進んでいる。菱垣廻船だろう。あれに乗っていけば、敵からも姿を隠すことができたのではないか、と冬馬は考えたが、

「今頃になって船旅を考えているなら無駄だぜ」

海王が、にやにやしながらいった。

「関所破りで捕まったんじゃ、洒落《しゃれ》にならねぇからな」

貨物船にもぐりこんで紀州まで行っても、ばれてしまったら、ただでは済まない。

街道を歩きながら、鷗《かもめ》の鳴き声がうっせぇわなぁ、と海王は、しきりに愚痴《ぐち》っている。

小春は、仁太郎が連れてきた子どもと、手をつなぎながら歩いていた。

「お名前はなんといいますか」

「秀一郎《しゅういちろう》です」

「まぁ、お武家さんみたいな名前ですねぇ」

秀一郎は、九歳になるという。

養子とはいえ、仁太郎は甲斐甲斐《かいがい》しく世話を焼いている。小春がお品の代わりを務めてくれるから、ありがたいと喜んでいる。

「そういえば……」

小春は、仁太郎の顔を見つめた。言葉には出せないと目で質問をした。

「はい、しっかりと私の腹に巻きつけてあります」

旅のときは路銀《ろぎん》を盗まれないように、腹まきと一緒に肌にくっつけている場合が多い。護摩《ごま》の灰や、親切ごかしに近づいてきて、路銀を奪って逃げるような輩が多いからだ。

しかし、風呂敷包を腹に巻くとは、その程度の大きさなのだろうか、と小春は問いかける。

「いえ、まあ……」

仁太郎は、それ以上はいえない、と口ごもった。

「あ……そうですよねぇ。中味は秘密ですからね」

「すみません」

なにかの書付《かきつけ》ではないか、それもかなり重要な内容だろう、と小春は推量したが、追及はしない。聞いたところで、仁太郎も答えるだけの知識はない。

小春は、秀一郎から手を離し、冬馬のそばに進んだ。

「旦那さま」

「ふむ」

冬馬が仁太郎に一度目を向けてから、お宝はおそらく書付でしょう、とつぶやいた。冬馬も、小春と仁太郎の会話を聞いていたらしい。

「さっき、それとなくまわりを見たのですが」

怪しい者がいないかどうか探ってみた、と小春はいった。

「はい」

「いまのところ、それらしき気配はありませんね」

「私も、そう思います。とはいえ、なにがあるかわかりません。油断は禁物ですね」

冬馬と小春は。お互いを見あった。

「そういえば……」

冬馬が思いだしたように、

「小春さんが、さっき周囲に探りを入れたときの目……」

「はい
「まるでねずみを狙う猫のようでした」

「まぁ……」

まずいところを見られた、と小春は目線を外した。猫やねずみを出したのは、意図があるのだろうかと、一瞬身構える。

「なかなかいい目つきでした」

「え……」

「惚れました。いえ。惚れ直しました。美しいと思いました」

杞憂《きゆう》だったらしい。小春は安堵の眼差しを、冬馬に向ける。

「あぁ……その目もすばらしい。小春さんの目は、極楽浄土に連れていってくれます。旅の途中でなければ、抱きつきたい」

小春は、そっと手を伸ばして、

「これで我慢してくださいね」

「あぁ、温かい手だ……」

ごほんと、咳払いが聞こえた。

海王の嫌味である。ふたりの甘ったるい態度に、嫌気が差しているらしい。

「まぁ、天気も上々だし、街道は前後が見渡せる。心配はいらねぇな」

「海賊の勘かもしれませんが、そうとはいえませんよ」

「なぜだ」

ずりさがった眼帯を押しつけながら、海王は問う。

「誰が敵なのか、わかりませんからね。敵がいるのかどうかもわかりません。だいいち、敵とは誰です」

「そんなこたぁ、あたりまえだ。お宝を盗もうとする輩は、みな敵だ。歩いている連中みな敵だと考えたら、いざというときでもあわてずに済む」

「なるほど、そう考えたほうが簡単ですね」

「この世は単純に考えたほうが楽なのだ。海賊仲間の金言《きんげん》である」

「へぇ、そうなんですか」

「板子《いたご》一枚《いちまい》、その下は地獄の底よ。だから、よけいなことは考えずに、いまを楽しむ。それが海賊の気風なのだ」

「私も単純に生きたいものです」

「……おめぇさんは、十分、単純に生きているではないか」

「そうでもありませんよ。けっこう苦労しているのです」

「そらぁ、知らなかった。まぁ、人には外からは見えねぇ事情があるからな」

「はい、そのとおりです」

苦笑する海王に、冬馬は少し近づき、

「敵がいるかどうか、探ってください。どこかで、待ち伏せされているかもしれません。海賊の眼力があるでしょう」

「……よし、少し先を行くか」

「では、後ろは私が注意しておきます」

それがいいな、と海王はうなずき、先に進んでいった。

仁太郎は、秀一郎の手を引きながらも、周囲には目を向けているようだった。ときどき腹に手をあてる。

隠し持っているお宝を確認しているらしい。

街道を歩く旅人たちは、春の空を満喫しているように見えた。こんな屈託《くったく》のない顔つきをした旅人たちのなかに、お宝を狙うような輩がまぎれこんでいるとは、考えにくい。

侍の一行やら、梵論字《ぼろんじ》やら、町娘のひとり旅やら、お店者夫婦、あるいは長屋から出てきたのだろうと思える連中まで、歩く姿は楽しそうである。

みな、お伊勢参りや、病人見舞いなどと理由をつけて旅をしているのだ。

海王は二十歩くらい、先を歩いている。足取りは軽いから、敵らしき姿は見えないのだろう。

といっても、待ち伏せをするなら、姿を隠しているはずだ。油断をしてはいけない、と小春は気を引きしめながら、また後ろに目をやる。

さっき、侍たちがひとことも会話を交わさずに、追い越していった。そのうちのひとりが、ちらりと小春を見て、ふっと笑みを浮かべていた。

あれはなんの笑いなのか。

思いだしても、不愉快である。

冬馬に話したら、小春がいい女だからだろう、というに違いない。それは嬉しい言葉には違いないが、不躾《ぶしつけ》な目つきには、虫唾《むしず》が走る。

あのような気持ちの悪い男たちが大勢いるはずなのに、女ひとり旅をするとは、勇気がある人がいるものだ。

また、侍の集団が小春たちの横を歩いていく。

浪人のようには見えないから、参勤交代から離れて歩いているのかもしれない。

それにしても、冬馬も疑問に思っているらしいが、

——敵とは誰なんでしょう……。

そもそも、本当に敵がいるのだろうか。

海王の言葉に乗せられてここまで来てしまったが、すべては、思いすごしということもあるのではないか……。

小春は、そんなことを考える。

そもそも、目的は仁太郎の警護という話であった。

お宝を守るといいだしたのは、海王である。海王は海賊だから、そんなことを考えただけだろう。

――どうやら、海王さんに乗せられたのかもしれませんね。

苦笑しながら、小春は先を進む海王の背中を見つめる。

盆踊りでもしそうな足さばきで歩くその姿は、楽しそうだ。仁太郎の警護など忘れているのではないか、と思えるほどだった。

冬馬は、秀一郎となにか会話を交わしている。これも、なにやら楽しそうである。

緊張しながら歩いているのは小春だけではないか、と思えるほど、のんびりした道中である。

四

一行は神奈川宿を過ぎ、小田原に近づいていた。

このまま何事もなく進むことができたら、万々歳だろう。

本来なら、箱根の関所を抜けるのは、面倒である。とくに、俗にいう出女《でおんな》に入り鉄砲。女には詮議が厳しい。しかし、今回は海王が手をまわしているだろうし、冬馬もいる。

男はあまり必要としないが、女の旅は通行手形がなければ、関所を通過することはできない。

その点でも、小春にはあっさりと手形が発行されていた。

海王の力なのか、冬馬が江戸の役人のおかげなのか、はっきりはしないが、少なくとも海王の鼻薬がきいているのはたしかだろう。

手形を発行するのは、江戸城に控える御留守居役である。そんなところまで海王の影の力が発揮されているとしたら、若旦那とはどんな人なのか、と気になってしまう。

そんなことを考えていると、仁太郎がそそくさと小春のそばに寄ってきた。

「すみません、ちょっと道を外れます」

腹をおさえながら、小高い場所にある叢《くさむら》へと走っていった。海王が、その後ろ姿に笑いながら声をかけている。

仁太郎の姿が叢に消えたところで、冬馬が秀一郎と一緒に、小春のそばに寄ってきた。

「小春さん」

「はい、どういたしました」

「いやいや、この子は、なかなかの秀才です」

「あら、そうなのですか」

「なんと四書《ししょ》五経《ごきょう》を諳《そら》んじてみせてくれました」

「まぁ……」

「手習いの師匠から教わりました」

自慢げな顔を見せて、秀一郎は、鼻を伸ばす勢いである。

話を聞くと、読み書き算盤《そろばん》は、大事な習い事だと手習いの師匠にきつくいわれていた、と語る。

「なるほど、それで仁太郎の父親は、養子にしたのでしょうねぇ」

冬馬が、しきりと感心している。

「あら……旦那さま、お子が欲しくなりましたか」

「……いや、まだ早い」

「そうでしょうか」

小春は悪戯っぽい目で、冬馬をのぞきこんだ。

「はい、まだまだ小春さんとふたりだけで、いろんなことをしてみたいですからね。もちろん、新たなる領域をもっと深く深く知りたい、という気持ちもありますから」

「まぁ……こんなところで、そのような言葉は、お使いにならないでくださいませ」

「なぜです」

「……あの叢のなかに行きたくなりますから」

「う……それは、はい」

「旦那さま、冗談ですから。本気にしてはいけませんよ」

にやにや顔で、小春は冬馬を見つめる。

「あ、はい。では行きましょうか、あの叢へ」

「ですから、冗談ですって」

小春が大笑いをしていると、冬馬が指さした叢のなかから、大声が聞こえた。

それは、助けてくれ、と叫んでいた。

「あの声は」

「仁太郎さんですね」

頼みます、といって冬馬は秀一郎を小春に渡すと、一目散に小高いところにある叢へ駆けこんだ。

「目的が違うがしかたがない……」

ひとりごとをいいながら、冬馬が叢を分け入っていると、

「仁太郎さん、どうしました」

「誰かが、しゃがんだ私をのぞいていました」

なんだ、そんなことか、と冬馬が呆れていると、

「ひとりではありません、数人の目と合ったのです」

「女と間違われたのではありませんか」

旅先の街道では、出歯亀《でばがめ》もいっぱいいる、と冬馬がいうと、

「違います。あの目は、私を狙っていました」

気のせいだろう、という冬馬に対して、仁太郎は自分が狙われたに違いない、
といい張る。

「では、その目を探してみましょう」

仁太郎はこちらです、といって叢の奥へと案内をはじめた。

しばらく周辺を歩きまわってみたが、それらしき者の姿はどこにも見つからな

い。

「ほらほら。お宝を大事にする気持ちが、妄想を作りだしただけです」

「そうでしょうか……」

叢のなかには、人の気配もない。

仁太郎は、本当に見誤っただけか、と肩を落とす。

「心配はいりません。もし、敵が襲ってきたとしても、私と海王さんが守ります」

「はい……わかりました」


渋墨色に包まれた門が見えてきた。

箱根関所の江戸口御門である。見るからに頑丈な造りの門を前にして、仁太郎は恐れをなしている。

「心配はいらねぇよ」

眼帯姿の海王である。どこからみても怪《あや》しい姿だ。仁太郎は心配になったらしい。

「あの……」

「だから、心配はいらねぇよ」

そういって、海王は懐から一枚の書付を取りだした。

「見せるわけにはいかねぇがな。これは天下御免の連判状《れんばんじょう》のようなものだ」

「連判状、ですか」

「……いや、違うな。御朱印状《ごしゅいんじょう》であった、間違えた」

連判状と御朱印状では、天と地ほどの違いである。

「これがあれば、どこにでも行けるのだ、安心しろ」

「その格好で……」

「人は姿形だけで、判断をしてはいかぬ。手習いの師匠は教えてくれなかったのか」

「手習い話は、秀一郎のほうです」

「親子なのだから、同じだ。親子といえば、一心同体であるからなぁ」

強引な海王の言葉に、仁太郎は辟易《へきえき》顔をするが、逆らっても無駄だと気がついたのか、はい、と頭をさげる。

「なんだ、あの侍たちは目つきが悪いですねぇ」

海王がぶつぶつこぼしている。

関所だから、侍も通るだろう。だが、その侍たちは、どこぞに仕官している侍にしては、たしかに目つきが悪かった。

街道を歩いている途中で、会話もなく通りすぎていった侍たちだと気がつく。

「あんな侍たちが、お宝を狙っているかもしれません」

小春が冬馬に、気を引きしめるように伝えると、

「あの連中が、敵かもしれないというんですね」

「……関所を通るのは危険ではありませんか」

「そうかもしれませんが、といって、裏街道を行くわけにもいかないでしょう」

関所破りなどするわけにはいかない。

侍たちは、しばらくは、こちらを見ていたと思ったら、いつの間にか姿を消していた。海王の眼帯姿を見ていたらしい。

「どうやら、敵とは違ったらしいですね」

「いえ、まだ油断はなりません。いったん姿を隠して、襲う場所に移動したとも考えられます」

そうですね、と小春はうなずきながら、心のなかで、もっと大勢連れてきたほうがよかったかもしれない、と後悔している。

もっとも、お宝があるのかどうか、はっきりしないという曖昧《あいまい》な話からの出発である。

「本当にお宝があるんでしょうか」

「まぁ、仁太郎がいうには、それを腹に巻いているといいますからねぇ」

「でも、それがお宝だというのは、海王さんがひとりで騒いでいただけです」

「それならそれで、何事もなく紀州に着くことができるでしょう」

「取り越し苦労ということもありますからね」

こちらがよけいな心配をしすぎなのかもしれない、と冬馬と小春はうなずきあった。

旅人たちは、一様に門前で足を止め、驚愕の目をしながら、おそるおそる門をくぐっていく。

冬馬一行も、海王を先頭に足を進めた。

眼帯姿の海王を見て、番士たちはすっ飛んできて、六尺棒《ろくしゃくぼう》で海王を囲った。

海王はあわてず、おもむろに朱印状を渡した。

番士は不思議そうな目でそれを開くと、横柄だった態度が一変した。ペコペコしはじめると、どうぞお通りください、と道案内までしてくれたのである。

「ほらみろ、こういうことだ」

冬馬も小春も、仁太郎も驚いている。

「どんな手妻を使ったのですか」

仁太郎は、あらたて尋ねると、

「馬鹿者、誰が手妻を使っただと。これは、立派に江戸城勤めの御留守居役から発行してもらった手形だ。それもただの手形ではないから、あの者たちは驚いていたに違いない」

「はい、ただの通行手形とは違うような気がしましたから」

「もちろんだ。あたりまえだ。おれをどこの誰だと思っておるか」

「海の王子さまですよね」

「そのとおり」

ふたりを無視して、冬馬はさっさと京口五問を通りすぎていく。それを見た海王と仁太郎は、あわてて追いかけていった。

京口御門を抜けると、街道筋は曲がりくねった坂道に出る。

遠目に、芦ノ湖《あしのこ》の波間が光っている。

そこから、一行はいわゆる箱根八里の難所のひとつ、明石坂を進んでいく。地面にちょっと雨が降ると、ぬかるんで歩けなくなる。そのため、幕府は石畳を敷いた。

崖を削りとったような、せまい道である。杉の木で覆われ、昼でも暗い。

「なんか、化け物でも出そうですねぇ」

仁太郎が怖そうにしている。

「そんなものは出ねぇよ。もし出たら、この眼帯で一網打尽《いちもうだじん》にしてやるから大船に乗ったつもりでいるんだな」

「大丈夫でしょうか」

仁太郎は、腹に手をあてる。

「おまえが倒れても、そのお宝はおれが命に変えて守る」

「………」

五

いままでより、かすかに広い道に出た。

左右は相変わらず切り通しになっているが、樹木の背が少し低い。これまで歩いてきた道よりも、少しは左右の見通しが利く道だった。

「なんだか、安心しますね」

小春が冬馬に話しかける。

石畳の間に足を取られないよう注意しながら歩くために、口数が少なくなっていたのだ。

「しかし……」

冬馬が眉をひそめる。

「なんですか」

「こんなところこそ危険です。見通しがいいのは、私たちだけではありませんからね」

お宝を狙う者たちがいるとしたら、そんなやつらも、こちらの動向を探りやすい、と冬馬はいいたいらしい。

「そうですねぇ。でも、本当に仁太郎さんに、敵がいるのでしょうか」

海王に乗せられたのではないか、と小春はまたしても、自論を語った。

「じつは、私もそんな気がしてるのですが……」

冬馬はそういいながら、かすかに身構えている。

「どうしました」

「どうやら、やっと出てきたようです」

小春は眉をひそめた。

「お宝を狙う敵でしょうか」

山賊に襲われる場合もある。

「わかりません。お宝がなにか私は知らないので。海王を狙っている敵かもしれません」

「まさか」

「いや、あの人は本当は、大店の金持ちの若旦那です」

「たしかに」

「道楽息子の金持ちだと見破られたら、懐を狙う悪いやつは、いるかもしれません」

なるほど、と小春はうなずいた。

前を歩く海王も、なにやら異変が起きていると感づいたらしい。こちらに目を送ってくる。

なにかありましたか、と仁太郎が秀一郎の手を取りながら、腹に手をあてる。

ちょっと離れてください、と冬馬はふたりを道の端に押しつけた。

仁太郎は、恐れをなして道端にしゃがんでしまった。秀一郎の目は、じっと叢のなかを見つめていた。

がさがさという音が聞こえて、三人の男が姿を現した。

「やい、てめぇら、ここをどこだと思っていやがる」

「なんだ、山賊か」

「なんだとは、なんだ……はは ぁ、そっちで震えているやつか……」

青髭《あおひげ》の男が、仁太郎を見つめている。その言葉から察すると、やはり仁太郎を狙っていると感じられた。

「そのいいかたは、誰かに雇われたのか」

「ふん、そんなことはどうでもいいだろう」

そうはいかない、と冬馬は詰め寄る。

「おまえたちを雇ったのは、どこの誰か教えてもらいたい」

「教えるわけがねぇ」

「なるほど、語るに落ちたというところですね」

「なに……」

「雇い主がいるから、そんな口調になったんでしょう」

「おめぇは、犬か」

「違います、れっきとした江戸の定町廻りですよ」

「だから犬かと聞いたんだ、馬鹿め」

「私が犬なら、あなたたちは、さしづめ猪《いのしし》ですかね」

「ふん、おもしれぇことをいえば、助かるとでも思っているらしいぜ」

青髭は、後ろにいる仲間に告げた。

「あぁ、たしかに助かるとでも考えているんだろうなぁ」

鉢巻《はちまき》をした男が答えた。鉢巻の真ん中には、梵字《ぼんじ》のような印が絵が描かれている。

「馬鹿だな」

「あぁ、馬鹿だ、馬鹿な犬だ」

「梵字ですね」

「梵字だと。おれは、そんな名前じゃねぇよ」

「ははは、そうですか。お里が知れましたね」

「てめぇ、馬鹿にしてやがるな」

馬鹿にはしていません、と冬馬は答えてから、

「馬鹿にはしませんが、唐変木《とうへんぼく》だとは思っています」

いうが早いか、小柄《こづか》を鉢巻に射た。しゅっと音を立てて、小塚は鉢巻に当たる。

「いてぇ」

鉢巻がはらりと落ち、額をあらわにした。そこには、犬の文字が彫られていた。

それを見た海王が、大笑いをする。

「ははぁ、おまえは、広島だな」

男は、額に手をあてて隠しているが、もう遅い。

「広島の入墨刑は、最初に一を彫り、二回目には、ノ、三度目を犯すと八の右はね。最後に、点を打つ。すると、犬という文字のできあがりときた」

「くそ」

鉢巻男は憤怒《ふんぬ》の形相で、海王に襲いかかった。

「おっとと、板子一枚下は地獄の底だ。地面は逃げやすい」

ひらりと男の強襲をかわして、

「あとはまかせた」

そういうと、冬馬の陰に隠れてしまった。

犬男は勢いがあまったのだろう、切り通しの崖に身体をぶつけてもがいている。

それを見ていた青髭は舌打ちをしてから、

「やい、そこでしゃがんでいる男を、こちらに渡してもらいてぇんだがな」

「それは、無理です」

「……やはりそうか。そうだろうなぁ、いてぇ」

青髭の顔に、石礫《いしつぶて》が当たった。

「このがき……」

秀一郎が投げたらしい。

青髭よりも、犬男が先に秀一郎に襲いかかる。しかし、秀一郎は、さっと身をかわして、狂犬、と叫んだ。

秀一郎は、学問の才があるだけではなく、度胸も満点である。

冬馬は感心しながら、

「おいおい、子ども相手に恥ずかしいぞ」

秀一郎も冬馬の後ろに隠れて、もう一度、狂犬、と叫んだ。苦笑しながら、そのへんでやめておけ、と秀一郎に注意をしてから、

「ひとりで三人が相手とは、いままで経験がないが、おまえたちのような半端者

なら、勝負にならんな」

「そんなことがあるか」

青髭が叫びながら、匕首を腰にあてて突っこんできた。喧嘩慣れはしているのかもしれないが、隙《すき》だらけだ。

「そんなへっぴり腰では、私には勝てませんよ」

石畳の上をくるりと回転して、あっという間に青髭の鳩尾《みぞおち》に当身《あてみ》をくらわしてしまった。

六

小春は、いざとなったら加勢しようと身構えていたのだが、この程度の山賊なら相手にはならない、とひと安心する。しかし、そこでまた疑惑が生まれる。

——こんな弱い山賊が、本当の敵でしょうか……。

山賊は三人だ。

青髭と犬男は冬馬に向かっているが、残りのひとりは、こちらをじっと見つめているだけで動こうとしない。

しかし、その姿を凝視して気がついた。街道筋で小春をちら見して、嫌な笑いを見せた男だ。

――気色の悪いやつ……でも、あの者は強い……。

背中をぞくりとさせて、小春は海王を呼んで耳打ちをする。

「なんです」

「あっちの男の後ろにまわってください」

海王が、小春にいわれて、たたずんでる男を見つめる。

「なるほど、あいつが本当の敵らしいぜ」

「気がつきましたか、さすが海王さん」

「ああ、海賊はいろんな野郎を見ているからな、剣呑《けんのん》なやつはすぐ目につくんだ」

「頼もしい言葉です」

「で、後ろにまわってどうする」

「合図をしますから、大きな声を出して脅かしてください」

「なんていえばいいんだ」

「……それは、海賊の掛け声で」

しばらく思案していた海王だったが、すぐ、よし、といって、小春から離れていった。冬馬の陰になっているせいか、それとも、海王など問題ではないと思っているのか、青髭と犬男は海王に目も向けない。

小春も、じりじりと一寸程度ずつ、身体を移動させる。

ここで、ねずみ小僧に変身するわけにはいかない。だけど、冬馬だけにまかせているわけにはいかない。

「ちょっと待ってくださいよ」

小春は、冬馬の横に立って叫んだ。

「なんだ、女の出る幕じゃねぇ」

青髭が、迷惑そうな顔をする。

「そちらは、三人、こちらで戦えるのは、ひとりです」

「あぁ、だから、さっさとそこでしゃがんでいる野郎を渡せといってるんだ」

「乱暴はしませんか」

「あぁ、しねぇしねぇ」

冬馬は、いきなり前に出た小春がなにをするのか、とあわてている。

「小春さん、後ろに戻ってください」

「私が旦那さまを助けますから」

なにをいっているのだ、と呆れながら、後ろにさがれといってもきかずに、小春はとんでもないことをいいはじめた。

「そこのかた、私が人質になりますから、この人を助けてください」

「なんだと」

「あっちのお店者も、渡します」

「ほほう……なんだか話のわかる女が出てきたじゃねぇか」

仁太郎は、ひっとのけぞった。秀一郎の手を握りながら、

「私は嫌です」

逃げようとするが、犬男が立ちはだかった。それを見た小春が、ほらほら、といいながら、

「そうやって乱暴をするから、私が人質になります。乱暴をやめていただけたら、引き渡します」

「おめぇ、本気でいってるんかい」

青髭は、信用ならねぇ、といった顔つきで小春を見つめる。

だが、小春はそれでも、私を人質に、といい続けながら、どんどんと青髭に近

づいた。

「来るな、なにを考えているかわからねぇ女だ」

やっちまえ、と青髭は犬男に向けて叫んだ。

そのときである、小春は、ぎゃぁ、といままで聞いたことがないような大声で、叫び声をあげたのである。

と、それに呼応するように、

「あーーあーーーーよーほーよおーそろ、おれは海賊だぁ」

藪のなかから、海王の声があがった。

青髭と犬男は、同時に声のほうに顔を向けた。

「旦那さま、いまです」

小春がすばやく動き、犬男に向けて突進した。そうか、と小春の意図を汲んだ冬馬は、すぐさま青髭に突進した。

声につられて後ろを向いていたふたりは、いきなり塊《かたまり》にぶちあたられて、尻餅《しりもち》をついた。

「くらえ」

掲げた十手が、青髭の脳天に炸裂して、次に犬男の眉間を叩き割った。

額から血を流しながら、犬男はその場を痛さで転げまわる。青髭は、泡を吹きながら、その場で横転している。

「よーーーほーーーよーそろーー」

海王の掛け声が、藪のなかに響き渡る。

ひとりだけ離れて立っていた男が、顔をぐにゃりと歪《ゆが》ませた。笑ったらしいが、冬馬にはそうは見えず、

「逃げるのか、無口なお人」

「おまえたちは、なんだ」

「ですから、私は江戸の」

「さっき聞いておる。江戸の犬であろう」

「その語り口調は、どこぞに仕官しているお武家さんですね」

「だったらどうする」

「どうしてこんなところで、私たちを襲ったのです」

「おまえたちは、なにも知らぬのか」

「なにをです」

「やはり、知らぬらしい」

「ですから、なにをです」

「おまえたちの会話を、ときどき聞いていたのだが」

「街道を通りすぎていったところは見ていましたが。こんなところで待ち伏せをするために、追い抜いていったんですね」

「まぁ、そんなところだ」

「では、教えてもらいたいのですが」

あくまでも低姿勢の冬馬を見て、にやりとする。

「おまえは本当に、おめでたいな」

「はて、なぜです」

「私が、ひとりと思っているからだ」

「違うのですか」

侍は、藪のなかに向けて叫んだ、

「おおい、出てこい」

がさがさと藪から侍が出てきた。海王が後ろ手に縛られて引きずられている。

「馬鹿だという意味が、わかったであろう」

「はは ぁ、たしかに、こちらは油断したのかもしれません」

のんびりとは構えているが、背中には汗が滴り落ちている。敵は三人。こちらがまともに戦えるとしたら、冬馬ひとりである。

「なるほど、そこで泡を吹いて倒れているふたりは、いわば、こちらを油断させる囮《おとり》のようなものだったのですね」

「ほう、少しは頭がまわるらしい」

「教えてください。なにを狙っているのですか」

「本当に知らぬのか」

侍は、仁太郎を見てから、秀一郎に目を向ける。

その視線を受けて、秀一郎がにやりと笑って、

「無礼者……」

えっと冬馬は、秀一郎を見つめる。

その態度は、まるでどこぞの若さまである。

──そうか、お宝は仁太郎の腹巻にある書付ではなかったのか……。

小春にそれを告げようとしたが、

「おや……いつの間にか、いない……」

さっきまでいたはずの小春の姿が、消えていたのである。

仁太郎に小春の居場所を聞くと、さっきまでそこにいたはずだ、と答えるだけで、どこに姿を隠したのかは、知らないらしい。

さっき、犬男に身体をぶつけたまま、藪のなかに走っていったのかもしれない。

そのすばやさといい、いつの間にか消えた行動といい、小春の意外な面を見た思いである。

縛られている海王は、身体をよじりながら縄抜けをしようとするが、うまくいかず、苛々《いらいら》しているようである。

「やいやい、おれを誰だと思っている」

その声を無視して、相手はいった。

「さて、仁太郎とやら。腹に巻いた書付を見せてもらおうか」

冬馬は混乱する。

一度、お宝は、秀一郎のことだと思ったのだが、やつは、書付について言及している。

「どうもわかりませんねぇ」

「なにがだ」

侍は、面倒くさそうに聞いた。

「あなたたちは、なにを探しているのです」

「おまえに教える必要はあるまい」

「そうはいきません、私は、あの仁太郎さんの警護のため、ここまで来たのですから」

「それはご苦労だったな。警護の役目は果たしたとはいえぬだろうからな」

「名前くらいは教えてもらいたいものですねぇ」

大山宗右衛門《おおやまそうえもん》、と侍は答えた。

「大山うじか。おぬしは高津藩の家臣か」

「ふ、その名は知っているらしいが、そこまでだ。あとはよけいな詮索はするな」

「なるほど、高津藩にかかわる問題となれば……」

秀一郎に目を向けてから、冬馬は告げた。

「高津藩には、跡継ぎがいないと聞いた」

「なんだって」

驚きの顔で、大山は冬馬を睨みつける。

「どうしてそれを知っている」

「ははあ、やはりそうでしたか」

「なに……む、たぶらかされたか」

「どうです、けっこう頭はまわるでしょう」

無礼者、とつぶやいた秀一郎は、なにかの事情があって江戸にいたのではないか。おそらく、庶子なのであろう、
そのために、国元から離れて育てられていた。しかし、国元では跡継ぎが死別したか、あるいは、ほかに理由があったか、とにかく血筋を探さねばならなくなった。

仁太郎の父親が、秀一郎を養子にしたのは、一時の方便に違いない。敵対する勢力への目眩《めくら》ましと考えたら、急な養子縁組もうなずける。

どうりで、四書五経などの知識があるはずである。

「なるほど、いろいろ見えてきました」

「犬は、よけいなところは見るものではない」

「犬には犬の正義がありあすからね。こんな人里離れたところで、しかも箱根山中で襲うような真似をするということは、おぬしたちが反対勢力なのですね」

「だから、よけいな詮索はしなくてもよい」

「そうはいきません、若さまの警護のひとりとしてはねぇ」

「警護が聞いて呆れるぞ。おまえのほかに、まともに戦える人間は、ほかにおらぬではないか」

身体をよじり続けている海王を見て、大山は笑い転げている。

「ちょっと待った」

藪のなかから声が聞こえた。

——あれは、小春さん……。

藪のなかから聞こえたのはたしかだが、場所の特定ができない。まるで、地獄の底から響いているような声である。

大山は、眉を寄せながら、声の主《ぬし》を探すが、正体を見つけることはできずにいる。

七

そこでまた異様なことが起きた。街道の京口方面から、四人の侍がこちらに向かって走ってきたのである。

敵が増えたのか、と冬馬は呆然とする。

これ以上、敵の数が増えたのでは、八方塞《はっぽうふさ》がりである。だが、大山の顔を見ると、どこか青ざめている。

ははぁ、と冬馬は気がついた。どうやら新手の侍たちは、秀一郎側らしい。だから大山があわてているのであろう。

「源二郎《げんじろう》、遅いぞ」

秀一郎が、叫んでいる。言葉とは裏腹に、笑みを浮かべている。源二郎と呼ばれた侍は、秀一郎のもとに走り寄り、

「若……ご無事でなにより」

「そこのお犬さんが頑張ってくれたおかげだ」

「お犬さん、とは」

秀一郎の指先にいるのは、冬馬である。手甲脚絆《てっこうきゃはん》の旅姿ではあるが、見るからに役人っぽい、と源二郎は頭をさげた。

「お犬さんとは、若さま、お言葉にご留意ください」

「なに、本人も気に入っているらしいからいうてみた」

「ははぁ……」

そうなのか、と源二郎は冬馬を見つめる。

「まぁ、たしかに自分でそういってはみましたが……」

わずか一万石とはいえ、大名の若さまである。少しは配慮が欲しいとは思うが、よけいな言葉はいわない。

そこに、大山が突っこんできた。

狙ったのは、秀一郎ではない。仁太郎である。

「おまえが持っているのは、殿がご落胤《らくいん》と認めた朱印であろう。それがなければ、跡継ぎとは認められぬはずだ」

なるほど、という間もなく冬馬は、大山が振りかぶった刃の下にもぐりこんだ。

しかし、見るからに劣勢だった。

そのとき、藪のなかから、塊が飛んできた。小春である。

「旦那さまから離れなさい」

叫び声とともに、小春の身体は大山の腰にぶちあたった。まるで、どこぞの相撲取りかと思えるほどの迫力であった。

ぎゃ、と叫びながら、大山はその場から二間近くも吹っ飛んだ。

切り通し側に飛んだため、飛び出ていた岩に身体をぶつけた。大山は呻《うめ》きながら、その場に崩れ落ちる。

大山の手下は、大山がひっくり返った姿を見て、戦意を失ったのか海王を縛りつけている縄を放してしまった。

身体が解放された海王の動きにも、目を見張るものがあった。

「海賊王子、海王さまの八艘飛《はっそうと》び、受けてみよ」

いうが早いか、海王の身体は、まるで海に浮かぶ小舟を渡り歩くがごとく、ひらりひらりと飛びまわり、あっという間にふたりの腰や膝を蹴飛ばしていた。

その突然の動きについていけず、ふたりはその場に転がりこんだ。

「ふん、わかったか、この外道《げどう》め」

海王を縛っていた縄を使って、大山に縄を打った源二郎は、

「あのぉ……」

冬馬に近づき、怪訝《けげん》そうに問う。

「なんでしょう」

「どうして、こんな山中に海賊がいるのでしょうか」

「……それは、長い話になりますが」

「いや、わかりました。聞かぬことにしておきます」

源二郎は、これから先は自分たちで警護していくから江戸に帰ってくれてかまわない、という。

冬馬はすぐ、わかりました、と京口方面に向かおうとする。

それを小春が止めて、

「源二郎さんでしたね。本当に大丈夫ですか」

「これは、奥方ですか。ご心配はいりません。今後は宿場ごとに、私たちの仲間が待っているのです」

警護の者はここにいる四人だけではない、というのであった。

「それに、もし襲ってくるとしても、この箱根の山中以外では難しいでしょう。街道のそこここにも、隠密たちを配備しておいてあります」

「そうでございますか」

「手薄だったのは、この箱根までだったのでございます」

源二郎は、急遽若さまを国元にお連れすることになり、ここまでの道中だけ警護陣が間に合わなかったのだ、と説明をした。

血相を変えて石畳を走ってきた源二郎たちの顔つきを見たら、その話もうなずける。秀一郎が、遅いぞ、と笑った裏には、そんな理由もあったのだろう。

別れる際、秀一郎は冬馬と小春に聞いた。

「ちょっと、小耳にはさんだのだが」

すっかり若さま言葉に変わっている。

「はい、なんでございましょう」

「ふたりで話していた言葉について、教えてくれ」

「なんなりと」

小春が笑み浮かべて答えた。

「新たなる領域とは、どういう意味で、どんなことをするのだ」

「……それを説明するには、若さまにはまだ早い」

冬馬は突っぱねるようにいうと、

「小春さん、とっとと帰って、新たなる領域の深みを探しましょう」

まぁ、と小春は冬馬の言動に呆れ顔を見せてから、秀一郎の前にしゃがみこむと、手を握りながら語りかける。

「若さま……いつかしっかりとお話をしてさしあげます。それまで、名君になるご勉強をぜひお続けくださいい」

「……そうか、わかった。教えてもらえる日を楽しみにしておる」

「これで、高津藩とのかかわりができたからね」

「よからぬ策を考えようとしてはいけませんよ」

図星《ずぼし》だったのか、夏絵は、へへと笑いながら、

「まさか、悪さなんぞしませんよ」

当然です、と小春は応じる。

だが、冬馬の顔はどこかすぐれない。なにやら腹にひとことふたこと、溜めているようだ。

「旦那さま、いかがしました」

「どうしてもわからないことがあります」

「おや、それはどんなことでしょう」

「小春さん、山中で一度姿を消しましたね。どうしたのかと思ったら、どこからか小春さんの声が聞こえてきました。あれはどういう謎だったのです」

「そんなこと、ありましたかしら」

「ありました。なにやら地の底から聞こえるような声も聞こえました」

「ははぁ……」

「どこに消えていたのです」

「はい、お待ちしておりますよ、秀一郎若さま」


それから四日後の組屋敷。

夏絵が、お宝についての一部始終を聞きたいと訪ねている。

「へぇ、お宝は腹巻の風呂敷包ではなく、あの秀一郎って子どもだったんだねぇ」

夏絵は、感心しきりである。

その事実を隠したまま、お宝がほかにあるように見せた仁太郎の父親は、けっこうな策士だ、と夏絵は笑った。

子を宿した仁太郎の内儀、お品は順調らしい。秀一郎がいるのに、子どもが生まれても心配はいらない、といった父親の言葉の意味は、こういうことだったらしい。

「いずれにしても、海王さんがお宝の話を持ちださなければ、私も同行していなかったかもしれませんけどね」

小春の言葉に、冬馬もそのとおりといいたそうな顔つきである。

「でも、よかったじゃないか」

「なにがです」

「それは……」

「それは」

「……呼ばれたのです」

「呼ばれた……とは」

「はい、いつも日常でおこなっていることです。それ以上、くわしくは聞かぬものです」

「え……あ、は、なるほど」

「おなごは近いのです」

「は、はぁ、なるほど。そういえば、以前も同じようなことがありましたね」

「ですから……」

「わかりました。これからはいきなり消えたときは、そちらの件だと解釈して、それ以上は問わぬことにします」

「はい、お願いしますよ」

なんとか誤魔化すことができた、と小春は安堵する。

あのとき消えたのは、ねずみ小僧に変身して冬馬の手助けをするつもりだったのである。しかし、源二郎たちが到着して事なきを得た。

あんな場所でねずみ小僧に変身していたら、間違いなく疑われ、正体はばれていたかもしれない、

声についていては、ねずみ小僧になったときに、町方を撹乱《かくらん》するために使う声色だった。

夏絵は、小春の答えを疑わしそうに聞いていた。

もちろん、気がついてるのだ。その目は、そんなところでねずみ小僧の術は使うな、といいたいらしい。

わかってます、と目で言葉を返した。

もちろん、冬馬はそんなふたりには気がついていない。

「では、小春さん、約束の……」

「約束、なんのですか」

言葉は出さずに、あ、という口を開く。

その態度を見て、夏絵が、帰る、と立ちあがった。あとは勝手にふたりでやってくれ、といいたそうである。

「さぁ、これでふたりきりです」

わかりました、と小春が答えたとき、

「ごめんください」

と声がした。小春が出てみると、そこに立っていたのは、仁太郎である。数歩さがったところで、お腹を大きくした女が頭をさげた。

「まぁ、仁太郎さん」

「お礼にうかがいました。このお品が、どうしてもおふたりにご挨拶をしたい、と申しまして」

「それはまたごていねいに」

仁太郎は、これから湯島天神に梅見に行くところだから、ご一緒しませんか、と誘った。

「梅見ですか、それはまた風流ですねぇ。わかりました、旦那さま、行きましょう」

「ふむ……では、あれはまたにしておこう」

仁太郎は、あれとはなんです、と聞いたが、冬馬は答えずに、

「では、梅を見ながら、箱根山中の話などでもしましょうか」

すると、ぜひお聞かせください、とお品が頼みこむ。

「奥方さまが、たいそうなお働きであったとお聞きしました」

冬馬さまもですよ、と仁太郎から付け足しのようにいわれて、

「ううむ、私はどうしても小春さんには勝てないようですねぇ」

わははは、と屈託のない笑いを見せてはいるが、目は少し怒っている。

すると、小春がそっと寄ってきて、冬馬の耳元にささやいた。

「帰ってきたら……ご存分に」

その言葉を聞いたとたん、冬馬の機嫌は、空のように晴れやかになる。

花見の季節までは少し間があるが、冬馬の表情は、まるで満開の桜のようであった。

コスミック・時代文庫

ぶっとび同心《どうしん》と大怪盗《だいかいとう》

三

奥方はねずみ小僧

2024年2月25日　初版発行

【著者】
聖《ひじり》 龍《りゅう》人《と》

【発行者】
佐藤広野

【発行】
株式会社コスミック出版
〒154-0002 東京都世田谷区下馬 6-15-4
代表　TEL.03(5432)7081
営業　TEL.03(5432)7084
FAX.03(5432)7088
編集　TEL.03(5432)7086
FAX.03(5432)7090

【ホームページ】
https://www.cosmicpub.com/

【振替口座】
00110-8-611382

【印刷／製本】
中央精版印刷株式会社

ISBN978-4-7747-6539-6 C0193

COSMIC時代文庫

吉岡道夫　ぶらり平蔵〈決定版〉刊行中！

①剣客参上
②魔刃疾る
③女敵討ち
④人斬り地獄
⑤椿の女
⑥百鬼夜行
⑦御定法破り
⑧風花ノ剣
⑨伊皿子坂ノ血闘
⑩宿命剣
⑪心機奔る
⑫奪還
⑬霞ノ太刀
⑭上意討ち
⑮鬼牡丹散る
⑯蛍火
⑰刺客請負人
⑱雲霧成敗
⑲吉宗暗殺
⑳女衒狩り

隔月順次刊行中

※白抜き数字は続刊